文句を言った唇を、
上からそっと塞がれた。
触れた唇が泰幸のものだと思うと、
心臓が音を立てそうなほどに高鳴る。

この美しき世界のまにまに

花房マミ

イラスト
水名瀬雅良

SHY BUNKO

Contents

この美しき世界のまにまに

1

「この……っ、クズ‼」

女は耳をつんざく高い声で叫び、勢いよくドアを開け出ていった。

腰までのロングヘアが目の端から消えた。

細いヒールが階段を蹴る音が響いて、しばらくして、ひとりになった部屋は何事もなかったように静かになる。

吉井清良《よしいきよら》の異性との別れ方で一番多いタイプで、もはやテンプレートと言ってもいい。これで何度目だろう、と指を折り始めたとき、平手打ちで腫れた頬に風がふれた。最近流行のアッシュベージュ色をした長い前髪もさらさらと揺れる。

(どうせなら、ドアは閉めていってほしかったな)

半年つき合った彼女にふられたというのに、浮かんだ言葉はそれだけだった。

引き止めようとか、追いかけて謝ろうなんていう考えはない。

この世に別れは必然で、抗《あらが》っても無駄だと思うからだ。

我ながら本当に最低だと感じる。けれど、胸の痛みも反省もない。

だからこそ、クズ。

「玲奈《れな》ちゃーん……」

動きたくなかったけれど、寒さには勝てなかった。女の名と一緒に気だるいため息を落とし、のそのそと立ち上がる。真冬の早朝、ひゅるりと鳴く風は冷たく、細身の身体に染みる。

別れ話の最中に女が投げたクッションやブランケットを足で端に寄せながらドアに向かうと、眩《まぶ》しい逆光の中に黒い人影があることに気づいた。

軽く首を傾げた瞬間、よく通る若い男の声が聞こえた。

「おはようございます。隣に越してくる予定の高村《たかむら》と申します」

「えっ？　隣に？」

思わずまぬけな声が出てしまった。

築二十五年という古さが悪いのか、それとも駅から徒歩二十分という微妙な立地のせいか。清良がこのアパートの二階の角部屋に住み始めてこのかた、隣はずっと空いていたのだ。

清良は玲奈が置いていったピンクのサンダルをひっかけ、外に飛び出した。

外の世界は美しく晴れていた。真っ白に明るい光の下、瞼《まぶた》を細めながら見た声の主はわずかに驚いた顔をしている。

「……おはようございます」

律儀に再度朝の挨拶《あいさつ》をした男は長身で、武道でもやっていそうな凛とした姿勢で玄関前に立っていた。

「あ、はい、オハヨウゴザイマス」

軽く頭を下げてから、男の顔を見る。

一七十五センチある清良が見上げる格好になるということは、彼はかなりの高身長なのだろう。

顔は目鼻立ちがくっきりとした男前。爽やかな短めの黒髪と健康そうな肌の色が、いかにも好青年といった雰囲気だ。

(なんだろう)

しかし美しいカーブを描く切れ長の男の瞳は、どこか訝《いぶか》しげな視線をこちらに向けている。

隣人への引っ越しの挨拶というのは普通、新しい場所での近所づき合いを円滑にするために行うものではないのだろうか。清良は気にしないタイプだからいいものの、笑顔のひとつくらい見せてくれても――。と、そこまで考えて、ふと気づく。

(あ……これか?)

もしかしたら、逆上した玲奈に引っ張られたアイボリーのニットセーターが伸びていて、貧相な上半身が露出しているのが寒々しいのかもしれない。いつもならこんな部屋着で外に出ることはないんだけど、と思いながら、清良は肩からずれるニットをぐいぐいと引き戻した。それから自分よりやや上にある男の顔を見て、愛想よく笑った。

「ごめんね、こんな恰好で」

「いや、別にそれは気にしませんけど」

それは、ということは、他になにか気になることがあるのだろうか。

思わず清良が細い顎《あご》を傾けて覗きこむと、男の意志の強そうな眉毛が一瞬上がって、すぐに元に戻った。

「ねぇ、マジで隣入るの?　いつから?」

「明日荷物を運びこみます。静かにするつもりですが、もしうるさくしたらすみません」

「んや、気にしないよ」

にこ、と爽やかに笑いかけた清良を見て、男は眉根を寄せた。

だいたい初対面の人間はこの笑顔に騙《だま》され、やさしそうないい人、という印象を自分に抱いてくれるものなのだけれど。どうやら、この男には通用しないようだった。

男はこほん、と咳払いをひとつして、手に提げた紙袋から茶色の箱を取り出した。

「……それで、とりあえず今日は挨拶をと思って、あの、これよかったら」

「え～！　ありがとう！」

包装紙の柄を見るに焼き菓子だろう。甘いものは好きなので、ぱっと声が明るくなってしまう。同じ歳くらいに見えるのに、この男はなんてしっかりとした人間なんだろうと感心しながら受け取った。

いいえ、と返した男はあくまで愛想はないけれど、真面目で誠実そうで、浮わついた感じがまったくしない。合コンなんかに連れていったら女子に感謝されそうな、いかにも『彼氏にしたいタイプ』に見える。

「えーと、なんだっけ、名前」

「高村です。高村泰幸《やすゆき》」

たかむらやすゆき、と頭の中で繰り返しながら名前の主を見る。名前が書かれた一枚の写真を残すつもりで、心の中でパシャリとシャッターを切った。複数人の異性と交際するうちに編み出した技は、いつのまにか清良の癖になってしまった。

男の身体を包むのはあくまでシンプルなモッズコートだけれど、肩幅や袖の丈がぴったり合っている。デニムの丈もばっちりだ。サイジングが確かだと、それだけで質のいいものに見える。スタイルのよさも手伝っているけれど、ものを見るセンスがいいのだろう。

「よっし覚えた。よろしく、泰幸」

菓子折りを肩に乗せ笑いかければ、クリームがかった空の青を背景にして、真面目そうな男が面食らった顔になった。

「いきなりですか」

「うん。嫌ならやめるけど」

人を名字で呼ぶのが好きではないので、差支えなければ名前で呼ばせてもらっている。別にいいけど、とぽつりと呟いた泰幸に向かい、清良は再度口の端を上げた。

「俺は清良っていうの。友達にはキヨとか呼ばれるけど、好きに呼んでよ」

「え？　えーと……」

泰幸の視線が表札を探して彷徨《さまよ》う。清良は短い襟足がかかる自分のうなじを撫《な》でながら、うすい唇を尖《とが》らせた。

「名字は吉井だけどさ。そっちで呼ばないでほしいんだよね」

「はぁ……」

我ながら面倒なやつだとは思うけれど、これだけは譲れないのだ。それ以外の大抵のことはなんでも譲って生きているんだから見逃してほしい、と頭の中でひとり言い訳をした。

じっと目を見ていたら、泰幸は諦《あきら》めたように息を落とした。

「わかりましたよ。清良さん」

低くてよく響く、けれど耳触りのいい声だ。清良でいいのにと思ったけれど、とりあえずオッケー、と親指を立ててみせる。

「泰幸は歳いくつ？」

「十九です。大学一年」

「年下かー。俺は二年だよ。ちょっと前に二十歳《はたち》になったとこ」

言えば、泰幸が一瞬意外そうな顔をしたのがわかった。清良は小柄ではないが華奢《きゃしゃ》なので、この背の高い男からすると年下に見えるのかもしれない。

ガタイのよさが気になって聞いてみると、高校生のときに空手をやっていたという。言われてみれば、泰幸には体育会系の雰囲気がある。

「空手部だと上下関係厳しかったかもしんないけど、俺には敬語とかいらないからさ。長いつき合いになるかもじゃん？」

「はぁ、いや、まぁ……」

口ごもったあと「確かにそうか」と呟いた泰幸が、まっすぐな視線をこちらに向けた。なにか、覚悟を決めたような目つきだ。

「……それじゃ、せっかくなんで、言っておきますけど」

「うん？　うおー、さむっ」

　結局敬語のままじゃねーかとツッコミたかったけれど、伸びたニットの隙間に入りこんだ冷気に負けた。清良は腕を交差させて縮こまり、身体を左右に揺らした。そろそろ部屋に戻りたくて、視線で続きを促す。

「じつは……さっき隣にいたから、女性とのやりとり、全部聞こえてました」

「げ、マジ？」

　それは悪いことをしてしまった。うるさくしても気にしないよ、と清良が言ったあとの男の妙な反応はこのせいだったのか。

　ごめんね、と謝ろうとしたのだけれど、それよりも早く、泰幸が口を開いた。

「追いかけなくていいんですか？」

「へ……？」

「駅までは遠いし、いまから走ればまだ間に合うんじゃないんですか。盗み聞きするつもりじゃなかったけど、聞こえてきちゃったんです」

　真剣な表情で語る泰幸を、思わずきょとんとした顔で見てしまう。それから生真面目な男の言葉を脳内で反芻《はんすう》してみたら、喉の奥からくつくつと笑いがこみ上げてくる。

「くっ、ふふ」

　俯いて肩を揺らすと、泰幸が「え？」と不思議そうな声を出した。清良はすぐに顔を上げて、ごめんごめん、と片手を振った。

「せっかくアドバイスしてくれたのに悪い。でもいいんだって、だってあっちからフッてきたんだもん」

「でも、その……立ち入ったことを言いますが、だって彼女、引き止めてほしそうだったじゃないですか。もし彼女のことがまだ好きなんだったら……」

「あー、いいのいいの」

「いい？」

「それがね、初対面でこんな話してごめんだけど、じつはもともとあっちが俺の顔が好みだとかで、どうしてもっていうからつき合ってたわけ。だから俺はあの子のこと嫌いじゃないけど、正直好きでもないの」

とはいえ「好き」と言われれば、「俺も好きだよ」と返した。

けれど、ただそれだけだ。他の女性に同じことを言われても、同じように返す。

それでもいいと、最初から了承済みの関係だった。お互いに縛られない、楽な関係でいようと。

しかし時間がたつにつれ、彼女は清良を独り占めしたいと考え始めた。最近では熱い言葉とともに渡される金銭やプレゼントも増えていくのも気に留めず、誘われるがままに別の女性とも自由に遊んでいたら、彼女はとうとう爆発した。清良が自分の思い通りにならないことに業を煮やし、先ほどの平手打ちに至ったらしい。

（厳密に言えば、玲奈の顔は俺も好きだったかな。目がちいさくて、美人とはいえないけど、そこがよかった）

一緒にいて楽だったし愛着もあったが、恋愛対象としての「愛」ではなかった。清良にとって、彼女に対する気持ちは同性の友達に対するものとなんら変わりがなかった。

ドラマや漫画でよく見る狂おしいほどの愛なんて、感じたこともない。

痛みの引いた頬に触れながら思いを巡らせていたら、正面にいる男前が眉を寄せていた。心底わけがわからない、といった表情で、どこか啞然とした声を出す。

「……好きでもない人と、つき合えるんですか」

「うーん……できるできないとか考えたことないな。俺は流れに身を任せてるだけだから、来る者は拒まないし、去る者は追わないってだけで」

「なぜ？」

「そうしたほうが楽だから」

即答すれば、泰幸は眉間の皺《しわ》を深くした。

（おぉ。新鮮な反応）

きっと彼は好きになった女性とまっとうな交際をしてきたから、清良のような人種が理解できないのだ。やさしい両親に愛されて、あたたかな家庭で育てられたのだろう。不思議と類は友を呼ぶもので、清良の周りにはほとんどいなかったタイプだ。

いいなぁ、と素直に思った。

好きでもないのに恋人になったり、複数の女性と遊んだりすることに対する疑問や罪悪感というものが、清良にはない。

おそらくそれは女性嫌悪というより、清良が自分自身を嫌いなのだ。こんな自分と好きこのんで交際をしたがる女性なんて、自分と同じでたいした人間ではないのだろうと思ってしまう。難しい顔をしたまま動かない泰幸を見ていたら、申し訳なくなってきた。清良はなんとか空気を変えるべく、泰幸のしっかりとした肩をぽん、と叩いた。

「まっ、とにかくさ、俺にとってはよくあることだから大丈夫。あ、なんなら泰幸もバンバン女子連れこんでいいよ。俺はほら、さっきも言ったけど騒音とか気にしないから！」

……しまった。ふざけた言い方は逆効果だったようで、沈黙はさらに深くなった。

仕方なくあはは、と冗談めかして笑ってみたものの、肩口に乗せた腕を振り払われたから、驚いて声が止まった。

「最低だな……」

「へっ？」

底から呻《うめ》くように聞こえた声に、思わず目を瞠《みは》る。俯き加減だった泰幸が顔を上げると同時に、強く睨む視線が清良に向けられた。

「最低ですよ。俺はあなたみたいないい加減な人は嫌いです」

どこか悔しげな声が、閑静な住宅街に低く響く。

こちらをまっすぐに射抜く、ひとつの曇りもない黒い瞳。鋭い視線と言葉が全身を縛るようで、ぐうの音も出ないとはまさにこのことだ。

「今後はなるべく、ああいった騒ぎはやめてほしいです。最悪するとしても、隣に聞こえないボリュームでしてください。下見の時に気づかなかった俺がバカだったんですけど、壁、うすいみたいなんで」

白い光が男の背後から降り注いで、清良は目を細めた。それでなくても真面目で正直な男の瞳が眩しくて、とても見ていられなかった。清良にはなかった、まっとうな青春への憧れからだろうか。

思わず視線を外した先、男の厚めの唇の下にホクロを発見した。なんとなくそこだけが顔から浮いて、どこか異質だった。

「それじゃあ、よろしくお願いします」

そう続けて、泰幸はちいさく頭を下げてから清良に背を向けた。

カンカン、と階段を下りる音が早朝の空気に響く。そしてひとりになった清良の周りはまた、何事もなかったように静かになった。

(これはやっちゃったかもなぁ)

もしかしたら、長いつき合いになるかもしれないというのに。

さすがに、初対面の人間に面と向かって『嫌いです』なんて言われたのは初めてだ。

清良が人畜無害な見た目に反して複数の女性と関係を持つ軽い男というのは学部内で周知の事実だが、ノリがよく明るい性格のせいか、男友達から嫌われることはなかった。陰口を言うような人間はいるだろうが、基本的にそういう連中はこちらに接触してこないので無害だ。

清良はあたたかい部屋に戻って、ベッドに仰向けに寝転んで目を閉じた。嗅ぎ慣れたメンソールの煙草《たばこ》と、女物の甘い香水の匂いに包まれる。

楽なほうへ楽なほうへと、流されるだけの毎日。嫌われても仕方のない生き方をしている。

清良がいくら隣人の男に言い訳をしたところで、きっといつかは嫌われる日が来る。だから言い訳しない。

同じように、先ほどの男が言うように彼女を追いかけて「行かないで」と引き止めたとしても、きっといつかは別れがやってくる。だから引き止めない。

「ま、しょーがない」

ちいさく唇を揺らして、諦めの言葉を吐いてみる。

別れた女の顔と名前を写した写真は、脳内で軽く破ってひらりひらりと捨ててしまおう。

先ほど見た軽蔑の視線も記憶から捨てて、どうでもいいことを――男の唇の下にあった色っぽいホクロのことなんかを考える。

清良は、自らの心をひたひたの水面のようだと思っている。

それをむやみに揺らされることが、なによりも嫌なのだ。

なにも考えず、「無」になる。

彼女の平手打ちが起こした風でわずかに起きた波も、泰幸の言葉が落とした水滴の波紋も、じっと待ちさえすればすぐに静まる。

だから逆らわず、目を閉じて、清良は世界の流れのまにまに漂うのだった。

季節は冬で、十二月になったばかり。同じ大学の友人達は出会いを求めて合コンのセッティングに大わらわになる時期だ。クリスマスという一大イベントもあるし、それから、ただ単純に寒い。皆人肌が恋しいのだ。

今日も午前の講義が終わった室内はざわつき、どことなく浮かれた雰囲気に包まれている。

清良が机の前で帰り支度を始めていると、同じ国際文化学部の友人の篤志《あつし》が横から肩を叩いてきた。

「キヨくーん。もう帰るの?」

「ああ、今日午後の講義取ってないし」

なにより、浮き足立った講義室の様子が鬱陶《うっとう》しい。篤志のにこにこ顔を視界に入れる前にと、清良は黒ダッフルコートのファー付きフードを頭に被り、素早くバッグを持ち上げようとしたのだけれど、それよりも早く顔を覗きこまれて思わず舌打ちする。

大きな黒縁フレームの伊達眼鏡《だてめがね》が特徴の男、篤志とは高校からの腐れ縁で、大学内でも行動をともにすることが多い。

笑顔の篤志にまぁまぁ、と肩を叩いて宥《なだ》められ、椅子に座らされた。

「肩が華奢だねぇ。もうちょっと太ったら?」

「食ってるけど太らない体質なんだよ。つーか、おまえだって痩《や》せてるだろうがっ」

「まぁねぇ。それより、はい」

隣に座った篤志がいそいそとスマートフォンを取り出し、一通のメールを開いて差し出す。

「なんだよこれ」

「わかってるくせに～。今日の夜から一裕《かずひろ》の主催で合コンやるから、キヨくんもおいでよ」

場所はここ、と篤志が指先で画面をタップすると、見慣れた多国籍居酒屋の店名と地図が表示された。一瞬視線を落とすだけですぐに場所を把握できるくらい、仲間内が主催する合コンで頻繁《ひんぱん》に使われる店だ。辟易《へきえき》した清良は肩をすくめた。

「またここか、変わり映えしないな。たいして料理もうまくないっつーのに、なんでいつもこなんだろう」

「一裕曰《いわ》く、トイレが綺麗で個室前の廊下が広い……。女の子とこっそり抜け出す打ち合わせに便利ってことかなぁ。で、来るよね？」

「今日は行かない」

「頼むから来てよ～。キヨくんがいると女子の反応よくてこっちも助かるんだよぉ」

「んー、寒いからやだ」

それは気分じゃない誘いを断るときの決まり文句で、夏なら暑いからやだ、になったりする。

軽く首を振って言ってやれば、フードをふわりと取られて「わぁキヨくん、今日もイケメンだね♡」などと笑って言われた。

「そんな言葉はもう聞き飽きました。イケメンのキヨくんは帰りまーす」

「わ〜、待って待って！」

女子に好評の笑顔を返して立ち上がろうとしたところを、篤志に慌てて止められた。

清良はナルシストではないけれど、自分の顔が美形だということはよくわかっていた。わけあって多すぎる仕送りは半分以上手を付けないようにしているが、生まれたときから持っているものは有効利用させてもらっている。

とはいえ清良の外見はいわゆる草食系男子、という分類をされることが多い。ほどよく中性的で雄っぽさがない顔立ちのせいか、初対面でも女性から警戒心を持たれないのだ。その実、中身は誰でもウェルカムな肉食系ということで、ロールキャベツ系男子とも呼ばれているらしい。いったいどこの誰が言っているのかは知らないけれど。

「お願い！　もうぶっちゃけると、キヨくんに持ち帰られる気満々の子がいてさ、どうしてもって言うんだよぉ。結花菜《ゆかな》ちゃんっていうんだけど、知ってるでしょ？」

篤志が小声で耳打ちしてくる。講義が同じになることが多いから何度か話したことはある、というレベルの認識しかないが、確かに知っている。

「あの子か。うーん、寒さと天秤《てんびん》にかけるとちょっと軽いな。美人すぎるし」

「でたぁ、キヨくんの美人嫌い。いやでもさ、めっちゃおっぱい大きい子じゃん？」

篤志が胸元で丸を作り、ゆっさゆっさと揺らすジェスチャーをする。そのサイズの巨大さに不覚にも噴き出してしまい、やかましいわ、と篤志のゆるめのくせ毛風の頭を小突いてツッコんだ。

「えへへ。好きでしょ〜？」

「そりゃ嫌いじゃないけど、今日はパス」

「そ、そうだ！　キヨくん、いまはお家に帰りたくないんじゃないの？」

閃《ひらめ》いた、とばかりに目を輝かせた篤志が机に身を乗り出して覗きこんでくる。

「なんの話だよ？」

「こないだ言ってたじゃない。隣の部屋に引っ越してきた人のことっ」

「あぁ……」

帰りたくないとまでは言っていないが、家で騒ぎにくくなった、とは言った記憶がある。

清良はぎしりと椅子に座り直し、両腕を組んで口を開いた。

「それな。帰りにくくはないけど、なんかちょっと引っ掛かるんだよな」

――高村泰幸という男は、あの日の予告通りに引っ越してきた。

音がしなかったので気づかなかったけれど、いつの間にか荷物の運びこみは完了していたらしい。まるで夜逃げでもしてきたように静かで、ずいぶんと素早い引っ越し作業だったのだ。

改めて話すと、ふーむ、と篤志が顎を触りながら考える仕草をした。

「それやっぱり、なにかヤバいことして逃げてきたんじゃないのぉ？　例えば借金とか」

「まさか。外見からしてそんなことするやつじゃないと思うんだけどな」

そう、見た目は絵に描いたような好青年。清潔そうな黒髪、ぴんと伸びた背筋、綺麗な目元などのパッと見の印象のよさで、不愛想な態度がみごとにカバーされている。

先日はアパートの一階に住んでいる大家のおばあさんと話しているところをたまたま見かけたが、ずいぶん気に入られた様子だった。真っ白な長い髪をショッキングピンクの帽子に入れたファンキーな彼女には「清良くんは空の上にいるおじいさんに似てるから一番好き」とまで言われていたのに、どうやら清良はフラれたらしい。

「悪いやつではなさそうなんだよな。でも、他にも気になることがいくつかあるんだよ」

「なになに？」

「それが、隣の住人は朝早く出て、夕方に帰ってくんのね。で、帰ってきたなーって思うと隣からトントン……とかカタカタ……、って謎の音がちいさく聞こえてくんの」

テレビでもつけていたら聞こえない程度の、ちいさな音だ。ただ清良は部屋にひとりでいるときは本を読んでいることが多く、基本テレビも見ないし音楽も聴かない。だから、うっかり聞こえてしまう。

不気味な声で言ってやると、篤志がひぇぇ、と大げさに肩を震わせた。

「爆弾でも作ってるんじゃないのぉ。もしくはオカルト的な心霊現象？」

「おい、こわいこと言うなよ」

そう言いつつ、すこしだけわくわくする。昔からホラーの類はジャンルを問わず好きだ。

「あとさ、たまにゴミ捨てなんかのときに顔を合わせるんだけど、いつもきょろきょろして、なにかを警戒した顔してんの。おはよう、って声をかけるとビクッとしたりして」

一度コンビニに行った帰りに一緒になったことがあったけれど、そのときも背後を気にして歩いていた。

とにかく、一見まともそうな男なのに、なにかがおかしいのだ。

「篤志、なんだろうな、これって」

「怪しいなぁ……怪しいよ！」

「やっぱりそう思う？」

「うん。超怪しい。だからさ、そんな男のいるアパートには帰らないで合コンに行こうっ！」

清良はがくりと肩を落とした。結局そこに戻ってしまった。

「行かないってば。篤志、ごめんな」

笑顔でいなしたつもりが、篤志はええー、となおも不服そうな声を出している。清良はしつこい男の黒髪を一束摘んで、指先でぴんと弾《はじ》いた。

「いたっ、なんだよぉ」

「いいじゃん、このパーマ。新しくかけたんだろ」

「えっ、うん。わかった？」

とたんに明るい表情になった単純な友人を見て、くくっと笑いが出てしまう。

彼の新しい髪形の具合がいいことは本当なのだ。気弱な雰囲気の男をワイルドに見せつつ、アーガイル柄のベストにネクタイという、定番プレッピースタイルにもよく似合っている。

「どこでやった？」

「俺の知り合いで美容師してる人がいるって前に話したよね？　その人んとこ！　カットモデ

ルってことで安くやってもらえるんだぁ」

うれしそうな顔の篤志が髪を弄《いじ》り始《はじ》めた隙を見て、清良は立ち上がりバッグを持った。

「いいな。今度紹介してよ」

な、と耳元で囁き、篤志の肩を叩きながら横をすり抜ける。

誤魔化されたか、という篤志の苦笑混じりの声を背中に受けながら、ひらひらと手だけ振った。

「もー、わかったよぉ。キヨくん、また明日ね！」

篤志と別れ、フードを被り直して足早に外に出た。知り合いと多く顔を合わせそうな正門は避け、駅からすこし離れた南口から外に出たものの、やはり数人の顔見知りに声をかけられてしまった。今度埋め合わせする、という約束をしてなんとか切り抜けたものの、この調子で行くと春まで体がいくつあっても足りない状態になりそうだ。

(それにしても……改めて、皆チャラいなぁ。俺も含め、だけどさ)

清良と篤志の所属する国際文化学部は数年前にできた比較的新しい学部だが、新設当初から遊び人が多いと噂されていた。事実、清良の知り合いは皆レポートもそこそこに合コン、飲み会三昧だ。

ただ、ふらふらと怠惰な生活をしているというだけで、犯罪に走るような悪い人間はいないのが救いかもしれない。清良だってそうだ。都合のいい嘘はいくらでもつくけれど、悪党にはならない。そんな彼らの誘いを断らずに流されるがまま遊んでいたら、いつの間にか知り合いが増えていた。女性とも、数えきれないほど関係を持った。もっとも水のようなさらっとした関係で、相手に依存も執着もしない、そんな仲ばかりだ。

（君子の交わりは淡きこと水の如く、小人の交わりは甘きこと醴《れい》の如し……だっけ）

最近清良が読んだ中国古典の『荘子《そうし》』の本に、そんな一節があった。

君子は淡くして以《もっ》て親しみ、小人は甘くして以て絶つ、と続く。人との関わりは甘酒のように甘くてべたべたしたものより、水のごとくさらっと淡々としていたほうがかえって親しみやすく長続きする、ということだろう。清良の感覚に合う考え方だった。

流水のようにさらりさらりと誘いをかわしながら大学付近の駅まで来て、電車に乗った。

最寄り駅に着くとあとはアパートまで徒歩だ。自転車のほうが速いとわかっているけれど、冷たい風が顔にぴゅうぴゅうと当たるのが耐えられない。

コートの首元に顔をうずめながら早足で歩きつつ、ふと時計を見れば昼の一時をすぎていた。どうりで腹が減るわけだ。

（うーん。飯、どうしよ）

じつは先日別れた玲奈には、毎日のように食事を用意してもらっていた。

彼女は同じ学部のＯＧだった。夜の仕事をしていたから、出勤前に清良のアパートに寄り支度をしてくれた。できあいの惣菜や冷凍食品を温めるだけのものばかりだったけれど、食にこだわりもないので空腹が満たされればそれでよかった。食事のお礼は彼女の望むとおりのセックス。そんなギブアンドテイクの関係だったはずなのだけれど、独占欲というのは怖いものだ。

（愛よりも飯が欲しい……。調達が面倒すぎる）

ひとりで外食をするのが好きじゃないから、選択肢が少ないのだ。しかも親元を離れてしばらくして、いわゆるヒモと呼ばれるような存在になってしまった清良は自炊ができない。

いつもなら一声かければ食事くらい喜んで持って来てくれる女性をキープしているのに、やはり時期が時期なのか摑まらない。皆本命を見つけるのに必死で、ふらふらしている清良にかまっている暇なんてないのだろう。

周囲の浮かれたムードになんとなく辟易して、新たな出会いを探す気力が湧かない。玲奈と別れて一週間ほど、そんな状態が続いていた。

清良は仕方なく、コンビニで一番おいしそうに見えたカップラーメンを買った。

見慣れたアパートの白い壁を横切り、いつものように軽やかに階段を駆け上がろうと足を上げる。カン、と革靴で一歩踏み出した時、二階から、換気扇が回る音がしているのに気づいた。

（あれ、こんな時間にめずらしい）

隣の住人が部屋にいるのかもしれない。清良は大きな音をたてないよう、一歩一歩踏みしめるようにして階段を上がった。

去る者は追わず、だけれど、できることなら去ってほしくないという気持ちはある。好かれなくてもいいが、嫌われたくはない。目の前に道が二本あったら当然、より安全に、楽しく歩けそうなほうを選ぶのだ。

そうして清良が静かにドアの前までたどり着いて、部屋の鍵を出そうとポケットを探っていたときだった。

どこからか風に乗って、ふわり——食べ物の匂いが漂ってきた。もちろん、手に持ったカップラーメンの袋からではない。

思わず匂いの行方を探ると、どうやら隣の部屋のダクトから漂ってきているようだった。時間的に昼食を用意しているのだろうか。匂いから察するに、醤油を使った料理だ。知識のない清良には見当もつかないけれど、おいしそう、ということだけはわかった。

見知らぬ料理を想像したとたん、腹がきゅうう、とかわいく鳴いて空腹を知らせてくる。かぐわしい香りに刺激され、唾液の分泌まで始まってしまった。

「う……」

台所に面した小窓には、確かに動く人影が見える。泰幸だろう。窓をノックして挨拶でもすれば、彼は食事をめぐんでくれるだろうか？

ひもじさのあまり一瞬そんな考えが頭をよぎったけれど、泰幸には嫌われていることを思い出し、清良はぶんぶんとかぶりを振った。

（でも……匂いだけならタダだよな……）

やはり、いい匂いに惹かれてしまう。ちょっとだけと言い訳しつつ大きく息を吸いこみ、鼻をふんふんとさせる。こっくりと甘くて香ばしい、どこか懐かしい醤油の香り。

最初は控えめにしていた清良だったが、あまりにおいしそうな香りに吸い寄せられ、つい身体ごと小窓に寄っていってしまったらしい。

マッチ売りの少女ってこんな感じじゃなかったかな——などと清良が思った、それからすぐのことだった。

からから、と控えめな音を立て、目の前の小窓が数センチだけ開いたのだ。

「……っ！」

清良が驚きに息を呑んでいると、ダイレクトに鼻に届くいい香りとともに、「……誰だ？」と低い声がした。

空気が張り詰めるような、硬い声色。怪しまれているのだろう。清良は急いで顔が見えるよう窓に近づき、中に向かって手を振った。

「えっと、ごめんね！　俺だよ、俺俺！」

「……え？　あ、あぁ、隣の……？」

小窓から見えた男――泰幸は一瞬目を見開いて、すぐに息をつき、窓を全開にした。項垂《うなだ》れたときに「よかった」と呟いたような気がしたけれど、顔を上げた泰幸は先日と変わらない不愛想な真顔だった。

「いや……俺俺ってそのセリフ、どこの詐欺師ですか」

「ちょ、詐欺師なんかじゃないって」

「じゃあなにしてるんですか、そんなとこで」

ため息まじり、呆れたように言われて、清良は慌ててぱたぱたと両手を振った。

「あ、いや別に、いい匂いだなーって思って、それで匂い嗅いでただけだからさ。詐欺師でも嫌がらせでもなくて！」

畳みかけると、泰幸は呆気にとられた表情で「はぁ」と、わかったのかわかっていないのか判別できない返事をして、それからちいさく頬を掻いた。

どうやら、彼は怒っているわけではなさそうだ。ただ軽く首を捻《ひね》って、うんうんとなにかを考えている。

「うーん……どうしようかな」

泰幸はぶつぶつ言いながら視線を部屋の奥にやり、ややあって、くるりとこちらに向き直った。

「昼食、まだなんですか？」

「え、俺？　うん、これからラーメン食うよ」

ほら、と手に持っていたビニール袋を掲げてみる。

「ラーメンって、カップラーメンですか？」

「うん、そう」

明るく答えたものの、このあと部屋に戻りこれを食べることを考えるとため息が出そうになる。寂しい食事だ、と感じたとたん、指先から冷えていくような感覚がして清良は身震いした。

「あー、寒いから俺もう行くな、んじゃっ！」

「待ってください」

踵《きびす》を返した背中に聞こえたちいさな声に足を止める。肩越しに振り返れば、泰幸が頬を掻きながらぽつりと言った。

「……余るんで」

「昼飯、ちょっと作りすぎちゃったんで。よかったら、ご馳走しますよ」

「余る?」

――まったくの予想外に入室を許された隣部屋は、清良の部屋と同じ間取りとは思えないほどに広々としていた。

1Kの九畳だが、室内に背の高い家具がほとんどない、というのがすっきりとして見える理由の一つかもしれない。

必要最低限の収納と小ぶりの本棚はあるけれど、それ以外は中サイズのローテーブルが置いてあるだけだ。もっともフローリングの上に畳風のマットが敷かれているせいで、それはテーブルというよりは昔の家庭にあるようなちゃぶ台に見える。部屋の端に遠赤外線ヒーターがあり、部屋はあたたかかった。

「へー、なんか独特の雰囲気ある……」

くつろいでいてくださいと言われたので、お言葉に甘えてコートを脱ぎ、適当に丸めて畳の上に置いた。今日はベージュのニットにボタンダウンのシャツをインナーに着ている。だらしない格好で来なくてよかったとすこしほっとしつつ、四角い座布団の上に腰を下ろした。

清良の部屋はベッドとソファがかなり幅を取っていて、生活のほとんどをそのどちらかで過ごしている。だから床に座る、ということ自体が久しぶりだ。部屋に漂う醤油の香りも手伝って、ひどく懐かしい気持ちになった。

清良にも遠い昔、「家族」といわれるものとこんなときを過ごしたことがあったのだ。ただ色あせた記憶は心の水の底に沈めてあって、もうとっくに息をしていない。

清良はきょろきょろとしながら、玄関横の台所に立つ泰幸の背中に声をかけた。

「泰幸って和が好きなんだな。座布団とか久しぶりに見た」

「そうですね。そっちのほうが落ちつくんで」

確かにこの男は和が似合う、しゃんとした姿勢はなんとなく見ていて気持ちがいい。こした猫背の男たちとはまるで違う。硬派な雰囲気を持っていると思った。清良の周りのひょろりとんな男もいるんだな、と台所に立つその広い背中をまじまじと観察してしまう。

嫌われたとばかり思っていたのに、まさか部屋に招かれるとは思ってもみなかった。

この運命の流れは、素直に楽しい。篤志とのつき合いのように、同性の友達とのウェットにならない程度の友情はけっこう好きだ。

会話が途切れたとき、ふいに台所から包丁がまな板を叩く細かい音が聞こえてきて、怪しい音の正体を知る。泰幸は料理をしていただけだったのか。

「清良さん、嫌いなものありますか」

「ないよ。なんでも食べられるのが自慢」

女性も同じだと思ったけれど、また「最低」と言われるのは勘弁なので口にはしないでおく。

わかりました、と呟いた泰幸は、器の上に万能ねぎをぱらぱらと乗せた。手伝おうかと声をかけたけれど、おかまいなくと言われたので座ったまま待っている。

「できました」

しばらくしてそう言った泰幸が、大きなトレイを持ってきた。ちいさな丸いちゃぶ台の上に、所狭しと皿が並べられていく。メインは蟹のあんかけ炒飯《チャーハン》で、その他にも春巻き、中華スープ、もやしときゅうりのナムルなどもあった。赤や緑を使った料理は見栄えもよく、盛り付けも繊細で美しい。

「え⁉　なにこれ、すごっ。いつもこんな豪華なの？」

「いや、たまたまです。昨晩の残りとかもあるんで。俺、実家に家族が多かったからつい癖で同じ量作っちゃって、余るんですよ」

なるほど、と頷いたところでさっと割り箸を手渡される。おしぼりまで用意してもらい、至れり尽くせりのおもてなしだ。

こんなにしてもらっていいのだろうか、という疑問はあったものの、目の前の誘惑に負けた。皿から立ち上る湯気のいい香りが、清良の鼻をくすぐって仕方ない。

「ううう、うまそうっ。食べていい？」

「どうぞ」

「やった！　いただきますっ」

ぱきんと箸を割り、まずはあたたかい中華スープを一口啜《すす》る。

「え、うま……っ」

驚いて顔を上げれば、同じようにカップを持った泰幸が手を止め「そうですか」と呟いた。

本当にうまい。

ふわっふわの卵と、鶏の旨みがよく出たやさしい味のスープが冷えた身体に染みていく。味だけではなく具の切り方、トッピングまですべてが繊細で、とても一人暮らしの男が作った料理とは思えなかった。

「マジでうまい、なんか高級店の味っぽい。行ったことないけど」

「プロとはやっぱり全然違いますよ。まだまだ修業中なんで、とてもそこまでは……」

「ん、修業中ってことは、大学は料理関係？」

「栄養学の勉強をしてるけど、調理実習も多いですね」

スポーツマンな印象からは意外だったけれど、聞けば大学も健康栄養学部と、食べ物関係の勉強をしているという。管理栄養士の資格を取るため、地方から上京してきたらしかった。そのためには金も必要なので、いまはバイトを探しているそうだ。ゆくゆくはフードコーディネーターになって、幅広い分野で食のシーンの演出をしていきたいと言っていた。

綺麗に箸を使う泰幸に、清良さんはなにを勉強しているんですかと聞き返されて、返答に困った。もともと勉強だけはできたので、なんとなく選んだ大学で、なんとなく流されるがままの日々を過ごしているのだ。

「うん、まぁ……国際的な視野を持って……文化をテーマに色々？」

「へぇ。なんかスケールがでかいですね」

泰幸は清良のそれらしく繕《つくろ》った言葉を聞き、感心したように頷いている。

しっかりとした目標を持っているから、この男はまっすぐな瞳をしているのだろうか。ふらふらしている自分と比べてしまい、ため息が出そうになる。

けれど次の瞬間口に入れた春巻きの味に、落ちかけた気分がふわりと上がった。皮はさくさく、中身はとろりとジューシーだ。春巻きがこんなにうまいものだとは知らなかった。

「うまーい……」

思わずうっとりと呟いてしまう。そのままふにゃりと頬をゆるめていたら、泰幸が意外そうな顔でこちらを見た。

「ん？」

「いや、なんでも……口に合ったならよかったです」

うん、と頷けば泰幸はどこか満足げな表情で「どんどん食ってください」と言った。がっつきっぷりに引かれたのかと思ったけれど、そうではなかったようだ。

それからも新しい皿に手を伸ばすたびにまた別のおいしさが口に広がって、箸を動かす手が止まらなかった。

清良は自分でも驚くほどのスピードで料理を平らげ、スープもすべて飲み干してしまった。小食だと思っていたけれど、どうやらおいしいものならたくさん食べられるという現金なタイプだったらしい。

「ごちそうさまでしたっ」

清良はかちりと箸を並べて置き、ふはぁ、と幸せなため息を落とした。

「泰幸ってすごいな。おまえ、天才なんじゃないの？」

「いや、うれしいけど、本当にまだまだですよ。そんなに褒められると勘違いするんで……」

泰幸は頬を掻いて、数秒後、誤魔化すみたいに「あたたかいお茶飲みます？」と言って立ち上がった。てきぱきと準備して、丸い湯呑茶碗に食後の緑茶を淹《い》れてくれる。

（こいつ、かなり世話好きなやつなんだなぁ）

そういえば食事中も清良のグラスの中の水がなくなったことにすぐに気づいて、おかわりをいれてくれた。うっかり米粒を飛ばせばおしぼりを手渡してくれる。他にも細かいことに気がついては、さらっと手を貸してくれる。

その後の話の流れでわかったが、泰幸は下に妹がいて、両親が共働きしている実家では家事をよくしていたという。どうりで手際がいいわけだ。

対する清良はひとりっこで、幼いころに父親が他界した。物心ついてからずっと母子家庭だったが、紆余曲折を経て、高校三年生のときに母親が再婚した。その両親との折り合いが悪く、高校卒業と同時にこのアパートで一人暮らしを始めたのだった。

昔の話はあまりしたくなくて、適当にぼかして話したが、泰幸は静かに頷くだけで追及してこなかったのでほっとした。

辛気臭い自分の話なんかより、泰幸の話が聞きたかった。家族で囲む賑《にぎ》やかな食卓というのはいったい、どういうものなのだろう。清良には想像もできない。

「家族多いと料理作るのも大変そうだよな。何人いるんだっけ？」

「えーと、父と母、あと妹がふたり……いや、正確には三人か……」

泰幸が指折りながら言う。どういう意味だろう。

「なにそれ」

「隣の家の幼馴染が妹たちと同じ歳で、よくうちに飯食いに来てたんです。だから合計、六人分作ってましたね」

「うっわ、大変だ。でも女の子の幼馴染っていいなぁ、なんか憧れだわ」

清良は幼いころはいつも家にいたので、近所の子供たちと遊んだことがない。友達といえば図書館の本だけだった。

「あ……すみません、幼馴染って男です。妹みたいなもんだったから、つい妹にカウントしたけど」

「え？　妹みたいな男ってどんなんだよ、おかしいだろ」

「見ればわかると思うんですけど……ちょっとうまく説明できないな。すみません」

生真面目な男は首を捻り、言葉を探しても適当なものが浮かばなかったらしい。わざわざ頭を下げられたから、いいよいいよと清良は笑った。

「ねぇ、妹ってかわいい？」

「昔はかわいかったけど、いまはもう生意気ですよ。長女は何度か家に彼氏連れてきたし」

「うわっ、キツ！　ねぇねぇ、もしその男が俺みたいなやつだったらどうする？」

「それは……うん、でも……、きっと母は喜ぶと思います。イケメン好きなんですよ」

「お。まぁ確かに俺はイケメンだけどさ、泰幸だっていい線行ってるよ」

そうですかね、ととぼける泰幸はやはり目鼻立ちのくっきりとした男前だ。

母親世代が娘のボーイフレンドに選ぶなら、まず迷わず清良ではなく泰幸だろう。同世代なら好みが分かれて、きっと勝負は五分五分だ。

「それにしても泰幸の妹ちゃんたち、いいなぁ。こんな料理が毎日食べられるとか天国じゃん。さらに泰幸はイケメンだし、妹ちゃんたちからしたら自慢のお兄ちゃんだったんだろ」

「……そうでもないと思う。量が多いとか煮物は嫌とかけっこう文句言われてたし……まぁ、他にも色々あって、俺はそんなにいい兄ではないですよ」

そう言った泰幸は、まっすぐな黒い瞳でどこか遠くを見た。

実家は新潟《にいがた》で、新幹線で二時間ほどの距離だと言っていた。遠い目をするほど離れていると は思えないけれどそこは詮索はしないでおく。

「えー、俺なら大喜びなんだけどな。これからも飯余ったらガンガン呼んでよ」

「あ、むしろ、ガンガン来てくれるとありがたいです。じつはひとり分の料理って難しいし、作っててもあんまり楽しくないんですよ」

実家の賑やかな一家団らんを思い出しているのだろうか。泰幸がふぅ、と寂しげに息を落とした。

「へぇ、そういうもんなんだ……」

感心したように言いながら、ふと思い立ったことがあった。清良は軽く身を乗り出し指先を立て、臆面もなく言ってみる。

「そういうことならさ、材料費出すから毎回余分に作ってくれない？　なんなら創作料理の毒見もするし」

なーんてね、と冗談ぽく口の端をにんまり上げる。半分冗談のつもりで言ったのは断られると悲しいからだ。

泰幸は何度か瞬《まばた》きしたあと、ええと、と呟いてから真顔になった。

「あの……いいんですか？　俺、本気にしますよ」

「もちろん。マジだよ」

「じゃあ、本気でお願いしたいです。自分のためだけに作るより作り甲斐あるし、勉強になると思うんで」

「マジで？　やった！」

思わずぐっとガッツポーズが出てしまう。

毎日の食事の調達のことを思うと、とにかく憂鬱だったのだ。泰幸の料理は驚くほどおいしいし、なにより、家から徒歩五秒なのである。こんなに快適なことがあるだろうか。

清良は食事の心配がなくなり、泰幸にとっても料理の修業になるというし、いいこと尽くしだ。

清良が自分から人に深く関わることは珍しかった。同性相手で、泰幸もこちらに深く干渉してこない、さらっとした性格だと感じたからこそ一歩踏みこめた。

「一日分の金額はだいたいこんな感じですね。また正確な額がわかり次第お知らせします」

さっそく泰幸がレシートを見ながらぱちぱちと電卓を打ち、数字を見せてくれた。

ふたりで相談し、清良が材料費と光熱費の何割かを負担することで合意した。朝昼はお互いの予定でバラバラになる可能性が大きいので、とりあえず夕飯のみの約束だ。

「さっそく明日からお願いしてもいい？」

「大丈夫です」

「あ、期限はとりあえず、あったかくなるまでって感じでいいかな」

「春まで、ですか。……あ、清良さん、寒いの苦手っぽいからか」

「そうそう」

泰幸は清良の言葉をきちんと聞き、いったん自分の中に持ち帰ってから返事をしているように感じる。真面目だからだろうが、こちらを理解してくれようとしているのがわかってうれしい。誠実なやつだ、と思う。大家のおばあさんが気にいるのも納得だ。

「……あのさ。さっきから思ってたんだけど、おまえ絶対モテるでしょ」

にっと笑って言ってみたけれど、向かいに座った男前はやはり「べつに」とはぐらかすだけで乗ってこなかった。

しかしこのスペックでモテないはずがないのだ。それを鼻にかける様子もない謙虚さは、いい男の余裕だろうか。もしくは硬派な見た目通り、俗っぽい話は苦手なのかもしれない。

（あ。だから初対面のとき、あんなに露骨に俺を否定したのかな）

嫌いです、とまで言われた相手とこんな時間を過ごしているなんて本当に不思議だ。目の前にいる泰幸からはもう、自分に対する嫌悪は感じられない。

（なんでかわかんないけど、よかった）

正面に座る泰幸を見る。念のためと電卓で再計算をしている真剣な顔に向かって、ぱっと腕を伸ばした。

「泰幸、明日からよろしくな」

「あ……、あぁ、こちらこそ」

こちらに気づき同じように長い腕を出した泰幸と、ぱしんと乾いた音を立てて握手をした。目を見てふっと笑うと、泰幸は返事の代わりか軽く頷くだけだった。

ほんとにシャイなやつだな、と苦笑して手を離し、清良が冷めた緑茶の残りを飲み干そうと湯呑茶碗に手をかけたときだった。

「——あの……すみませんでした」

低く響く泰幸の声がした。前に視線を戻せば、凛々《りり》しい眉をへにゃりと下げた泰幸が心底申し訳なさそうにしている。

「え？」

「先日は、すみませんでした」

ぱたんと電卓を置いたかと思うと膝立ちでこちらににじり寄り、がばっと豪快に頭を下げてくる。突然の行動に驚いて、清良は思わず目を瞠った。

「な、なになに？」

「昼飯で許してもらおうかなと思ってたけど、やっぱり気になるから言っておきます。すみませんでした」

「ええ、ちょっ、やめろって、顔上げろよ！」

「いや、俺、初対面で清良さんのことなにも知らないのに、あれは言いすぎました。勝手に干渉した挙げ句に酷《ひど》いこと言ったなって、あとから猛烈に反省して……。すみません」

いつもこちらが誰かに詫《わ》びる側だからか、逆の立場になるとすっかり狼狽《うろた》えてしまう。第一、謝られるいわれもないのだ。

「や、泰幸は悪くないよ。本当のことじゃん。最低な人間のことは、誰だって嫌いだろ？」

嫌味ではなく本心だ。来る者拒まず遊びまわる行為はとても褒められたものじゃないと知っている。自嘲気味に笑えば、泰幸が顔を上げ、決まりが悪そうに眉を寄せた。

「違うんです。嫌いとかじゃなくて……たぶん、あんなこと言ったのは、ちょっと、羨ましかったからで」

「羨ましいって、なにが？」

「それは――……」

言葉に続きはなかった。しばらくの沈黙の末、泰幸はちいさく首を振ってから口を開いた。

「とにかく、もう最低だなんて思ってないです。話していても楽しいし……、それに清良さん、この一週間くらいずっと息をひそめて暮らしてたでしょう。俺が帰宅したときにはいつも電気がついてるから部屋にいるんだろうなと思ってたけど、それにしては物音ひとつしないから。逆にこっちが申し訳なくなってきて」

「いや、べつにそんなに意識してなかったよ？　ただ、なるべく静かに、って心がけてはいたけどさ」

　なにも大層なことはしていないのに、泰幸がひどく申し訳なさそうなので、こちらが戸惑ってしまう。泰幸は「いや」と大きめに言って、ひたむきな声を出す。

「そう心がけてくれるってことは、やさしい人ってことじゃないですか。俺てっきり、もっと嫌な感じの人だと思ってたから……って、ああ、すみません」

　また失言を、と大きな身体をした男が背を丸め、片手で口を押さえている。

　どうやら泰幸はこんな自分なんかに、本気で申し訳ないと思っているらしい。

（なんだろう、この感じ……）

　頭を下げたせいか、泰幸の爽やかな黒髪がわずかに乱れて見える。

　その姿がいじらしくさえ見えてきて、清良はふわりと口の端を上げた。

　手を伸ばして、しっかりとした肩をぽんと叩く。はっと顔を上げた泰幸はやはりまっすぐな瞳をしていた。初対面の日と違い、腕を振り払われることはなかった。

「泰幸、もういいってば。水に流そうよ」

「でも」

　なおも膝の上でぐっと拳を握る泰幸に、清良は明るく笑いかけた。

「俺のこと、見かけによらず、そんなに悪いやつじゃないってわかってくれたんだよな？　そのとおり！　よくそうやって言われるし、意外といいやつなんだよ、俺は」

まったく自慢にならないことを言って、軽く胸を張って見せる。そうしたら、ようやく泰幸はぎこちない苦笑を浮かべた。

（——あ。笑った）

苦々しさを滲《にじ》ませてはいても、不愛想な男が自分に初めて見せる笑顔だ。なんとなくうれしいのは、新鮮だからだろうか。

清良の持つスペックの高さや顔の広さのせいか、近づいてくる人間は大概、最初から好意的な笑顔を見せてくる。明らかな悪人以外は拒まないので、当然いいように利用されることもある。ずるがしこくて、ひょいひょいとこの世の中を渡っていく人間たち。そんな器用な者ばかりを相手にしている清良にしてみれば、泰幸は真面目で不器用すぎて、眩しい。

清良はふと思いついて、泰幸の黒髪に手を伸ばした。真上からそっと手のひらで触れると、整髪料のついていない髪は見た目よりもずっとやわらかかった。

「本当にもういいから、な？」

ぽんぽんとあやすみたいに叩いてから、にんまりと笑い返す。

「な、なんで——……」

面食らった顔の泰幸がそう言ったきり口をぽかんと開けていて、してやったりと思った。

背の高い男は頭を撫でられ慣れていないから、これをやられるとだいたい落ちると女友達から聞いたことがあった。当然男からされてもうれしくはないだろうが、衝撃は残るだろう。それになんだか、撫でてやりたくなるシチュエーションだったのだ。

「いやー、よかったよかった」

啞然とする泰幸を尻目に清良はちゃぶ台に向き直り、すっかりと冷めてしまった緑茶を手に取った。

「誤解が解けて……、いや、俺がクズなのはべつに誤解じゃないけどね？　とにかく、仲直りできてよかったよ」

「ちょっと待って、だから、その自虐をやめてほしいんですよ。なんだか俺が責められてる気になる……」

「わかったわかった！　もう言わないから、ほら泰幸もお茶飲んで。仲直りの記念に、はい、かんぱーい」

茶碗を傾けながら促せば、泰幸も意を決したように茶碗を片手で摑み、ぐいっと一気に飲み干した。自棄《やけ》になって酒をあおる仕草に似ていたから思わずぱちぱちと拍手したが、あくまで中身は緑茶である。

「泰幸、うまいな、このお茶」

「そうですか……」

一気飲みのせいか、泰幸の声が上擦《うわず》っている。茶碗をちゃぶ台に戻し、口元を拭う様子もどこか落ちつかない。

「どした？」

「いや……」

「ていうかさ、ずっと思ってたんだけど、敬語はいいってこないだ言ったじゃん」

「え、あぁ……、そうですね、なかなか難しくて……」

「あ」

下を向いてちいさく息をついている泰幸の頭に、つむじを発見する。短めの黒髪をラフに散らした髪型が、なんとなく犬っぽいと思う。さしずめ黒のラブラドール・レトリーバー。だから撫でたくなったのか、と清良はひとり納得した。

「んじゃ、あらためて言っとこう。明日からよろしくな、泰幸！」

言いながら、項垂れたままの泰幸の頭のてっぺんに手を伸ばし、くしゃくしゃと撫でた。

――やはり、長身の男はここが弱いのだろうか。

ぱっと顔を上げた泰幸は凛々しい眉を下げて、困っているような、照れているような、なんとも形容しがたい不思議な表情をしていたのだった。


「キヨくん、最近前にも増して肌つるつるだねっ」

ずるい、とピンクベージュ色のグロスが光る唇を尖らせて言うのは、先日篤志が「合コン参加者にキヨくんにお持ち帰りされたがってる子がいる」と言っていた胸の大きな女性、同じ学部の結花菜である。講義で顔を合わせることが多いので、清良とも雑談くらいはする仲だ。

「そう？　結花菜ちゃんだって白くて綺麗だと思うけど」

清良は自分の頰に触れながらそう言ってはみたものの、毛穴の見当たらない自分の肌と比べるとたいしたことはないかも、なんて思ってしまう。

最近肌の調子が以前よりいいのは他でもない、泰幸の作ってくれる夕飯のおかげだった。管理栄養士を目指しているという泰幸が作る食事は栄養のバランスがよく、おそらく肌にもいいのだろう。

泰幸の食事を食べるようになってまだ一週間だが、夜遊びしていないということもあり、身体の調子もすこぶるよくなった。清良は体脂肪が少ないせいか冷えやすく、冬はいつも風邪を引いて寝こむのだけれど、今年はまだ一度も体調を崩していない。

昨晩は清良の冷え性を気にして、泰幸は身体があたたまる生姜料理をふるまってくれた。おかげでぐっすり安眠できた清良はいつもより上機嫌だ。

おまけに出かけ際、小窓から顔を出した泰幸に「身体あったまるし風邪予防にもなるから」とジンジャーティーの入ったサーモマグを手渡されたのだ。どこのオカンだよ、と噴き出しながらも受け取ったのだけれど、これがなかなか馬鹿にできないのだった。

大学構内で休憩中にちまちま飲んでいたら、いつもより寒さを感じずに済んだ。いまもまさに数口飲んだところで、指先がぽかぽかしてきた。甘党の清良に合わせ、蜂蜜を多めに入れてくれているのも助かる。

中身を飲み干して蓋を閉じた清良がほぅ、と息をついていると、横から覗いていた結花菜がひょいと小首を傾げた。

「それ、なに飲んでるのー?」

「ジンジャーティー。意外とあったまるもんだね」

「それってキヨくんが自分で作って持って来てるの？　すごいねっ」

結花菜は顔の前で合わせた両手をぱちぱちと叩いた。その細い指先に光る繊細なネイルは美しいけれど、いかんせん爪が長すぎるように感じる。偏見かもしれないけれど、この指ではきっと料理などは作れないだろうな、という印象だ。

「いや、作ってもらったやつ」

つやつやの爪先を見ながら清良がそれだけを言うと、結花菜のピンクベージュの唇がきゅっと横に引き結ばれた。

「……もしかして、彼女に作ってもらったの?」

「えーと、違うけど。どうして?」

「本当に？　じゃあ、キヨくんも今日の夜の合コン来る?」

「あー、ごめんね。ちょっと用事あってさ」

申し訳なさげに言えば、結花菜のテンションが目に見えて下がった。朝からやけに絡んでくると思ったら、そういうことか。

結花菜はかっくりと肩を落とし、項垂れてしまった。デコルテが大きめに開いたピンクのふわふわニットから、真っ白な胸元がよく見える角度だ。

「キヨくん……おいでよぉ。わたしも行くよ？」

しょんぼりとした口調で言って、清良のシャツの裾を引きながら、ぐっと距離を詰めてくる。うすく漂っていた人工的なバニラの香りもより濃くなった。

それから、これはおそらく故意にしているのだろうが、結花菜の大きな胸が清良の腕にぽよんぽよんと当たっている。あからさますぎて、さすがの清良も苦笑した。

（この状況なぁ……いや、普通の男ならオイシイと思うんだろうけどさ）

童貞だったころからそうなのだけれど、清良は女性の性的な部分にそれほど執心がない。嫌いではないし、触ったり直に身体に触られたりすれば興奮はするが、性欲自体がうすいのかもしれない。

据え膳食わぬは男の恥という言葉もあるように、いち男性として失格な気がして必死に隠しているものの、正直こういうアピールをされても反応しないので困ることが多い。

「キヨくん、聞いてるの？」

――篤志ならば大喜びするであろう白くて大きな膨らみがふたつ、目の前で揺れている。

（……肉まん……）

結花菜の胸元を横目で見ながらどうしようかと悩んでいたら、うっかり数日前の泰幸とのやり取りを思い出してしまった。

夕飯を泰幸とともにするようになって数日したころ。夕方、清良は帰りがけのコンビニで肉まんをふたつ購入した。深夜に突然インスタントラーメンが食べたくなる衝動と同じで、たまに無性に食べたくなるのが肉まんだった。

帰宅すると泰幸が部屋にいるようだったので、小窓を叩いて「肉まん食べる？」と声をかけた。部屋に上がらせてもらい、ふたりで食べたのだけれど――、そのときの泰幸がおかしかった。レンジで温め直してくれると言うので任せたら、泰幸は丸い皿に肉まんふたつを並べて持ってきた。それを見た清良は思わず「Ｂカップだな」と呟いてしまったのだった。

――え？

素っ頓狂な声を上げた泰幸を見ると、まったく意味が分かっていない様子だ。だから「ほら、肉まんのサイズだよ」と皿を指差したのだけれど、正面に腰を下ろした泰幸はまだ首を傾げている。

仕方なく清良は「ふたつ並べるとおっぱいに似てるじゃん。おまえもなんだかんだで好きでしょ？」と言って、手に取った肉まんを胸に押し付けて笑ってみせた。篤志がしていたように、ゆっさゆっさと揺らす真似までして。すると泰幸は、はっとした顔をしたあと、ちゃぶ台に額をぶつけながら言ったのだ。

――す、好きじゃない。だからそれ、やめてくれ……。

突っ伏していて顔は見えなかったけれど、黒髪の隙間から見える耳が真っ赤になっていた。清良は正直、嘘だろ⁉　と思った。

こんなに初心《うぶ》な十九歳の男、しかも長身イケメンがいるものだろうか？　まさか童貞ということはないと思うけれど、純真すぎる。

以前から篤志とよくこんなふうに肉まんを並べて女性の胸に見立て、カップ数を予想する遊びをしていた。男って生き物はなんてくだらないんだろうな、と自虐しつつも、そんなことをするのが楽しい。清良の周りの男は全員このタイプだったため、もはや鉄板ネタだった。

それをまさか、こんなに新鮮な反応を見せてくれる男がいるとは。

あまりにもかわいく見えて、清良は肉まんを皿に戻すと泰幸の頭をわしゃわしゃと撫でた。

さらに耳を赤くした泰幸が顔を上げたときにはすっかり肉まんは冷め切っていて、ふたりは思わず顔を見合わせて笑ったのだった。

（あー、あれは笑ったなー……泰幸の外見とのギャップがすごすぎて）

ついトリップして、思い出し笑いを浮かべていたらしい。「キヨくん、なに笑ってるの？」という結花菜の囁きで、はっと我に返った。

「あ、ごめん、なんだっけ？」

「もうっ。だから、今日の合コン来て、って話だよぉ。来るよね？　なんなら合コンなんて飛ばして、ふたりだけで会っちゃおっか」

いつのまにか機嫌がよくなったらしい結花菜がそう囁いて、顔を覗きこみながら微笑んでくる。

「え？　いつそんな話になったの」

「だっていま、わたしの胸ずっと見てたでしょ。そういうことじゃないの？」

ああなるほど。彼女もまさか、自分の胸を見て清良が肉まんの思い出を蘇《よみがえ》らせていたとは思わないだろう。勘違いさせて大変申し訳ない、と清良は思いつつ、やんわりと距離を取りながら摑まれていた片手を下げた。

「ごめんね。マジで用事あるから無理なんだ」

「……嘘。本当に？」

「ほんとほんと。結花菜ちゃん、ごめんね。じゃあまたね」

この子については、篤志に頼んで別の男性を紹介してあげるなどして丸く収めてもらおう。

そう思った清良がそっと教室を出ようと、移動の支度を始めたときだった。

「キヨくん、わたしは嘘だと思ってたけど、やっぱり……噂は本当なんだね」

ふいに横から、ワントーン低くなった結花菜の声がした。

自分に関する噂なんて山のようにあるし、いまさらなんだというのだろうか。

清良が首を傾げたときには結花菜は立ち上がり、こちらを呆然と見下ろすようにしていた。

「キヨくんに、本命ができたっていう噂だよ。しかも……男の」

「へ――……？」

「ゲイって噂も本当だったんだね。わたしのおっぱい見てもなにも感じないみたいだし……」

結花菜がそう悲しそうに話す間、清良は彼女の長いつけ睫毛《まつげ》がばさばさと瞬くのを、呆然と見ているしかできなかった。

「イケメンだなって狙ってたのに、彼氏がいるなんて、わたしショックだよ、キヨくん……っ‼」

彼女がいっそう声を荒らげたとき、やっと我に返る。

（か、彼氏？　ゲイ？　な、なんだそれ、どういうことだ⁉）

とにかくなにか言わないと誤解されると思った清良はにっこり笑って、波を立たせないよう、ごくごく軽く言った。

「なにそれ。そんなわけないじゃん」

「嘘っ！　だって目撃した子がいるんだからね！」

「ええ？」

結花菜が言うことには、学部内でひっそりと噂は出ていたけれど、先日とうとう清良と男が仲よく同じ部屋に入っていくところをとある女性が目撃したというのだ。その女性というのは誰なの、と問い詰めても、結花菜の口から具体的な名前は出てこなかった。

「いやいや、そんなのありえないって、誤解に決まってるでしょ」

やさしく言っても、興奮しきった結花菜は聞く耳を持たなかった。

困り果てた清良が周りを見渡すと、教室に残った数人の男女の視線がこちらに向いていた。

（うわ、まずい……）

清良のように顔の広い人間の噂は、特に広がるのが速い。結花菜をなんとか宥め、その場を離れたときに気づいたのだけれど、すでに噂はある程度まで広まってしまっているらしい。構内を歩いていると、いつもなら遊びの誘いをしてくる友人たちが声をかけてこなかったのだ。

ひどい別れ方をした女性が腹いせに根も葉もない噂を流す、なんてことはよくあった。そのせいもあって「ロールキャベツ系男子」以外に、裏で女子に「クズ系男子」と言われていることは知っている。

面倒なのでとくに弁解もせず放っておくのが常だったけれど、今回流された噂は斜め上すぎて、どうしたらいいのかわからない。

ゲイの友人は数人いるし特に偏見はないものの、自分がそこに分類されるとなるとすこし戸惑う。

後々のためにも反論はしたほうがいい気はするが、考えるだけで億劫《おっくう》だ。先ほどの結花菜のように、本人の言葉より見知らぬ誰かが流した目撃情報のほうを信じる人間は多い。

（なんか、いきなり面倒なことになったたな）

大学を出て、清良は帰り道を急いだ。アパートの古ぼけた白い壁が見えてくると、なんとなくほっとした。柄ではないと思いつつも、人の目が気になって仕方がない。

（あ……泰幸、いる）

二階を見上げれば泰幸の部屋に人の気配があって、さらに安堵《あんど》した。そういえば、泰幸は今日午前で帰宅して午後は溜まっているレポートをやる、と言っていた気がする。

あまり音は立てずに、けれど軽やかに階段を上がっていたとき、ふいに視界の端になにかを感じた。すぐに清良が振り返ったものの、そこに人影はなかった。

髪の長い女の影が見えたような気がした。妙な噂のせいで、どうも神経が過敏になってしまっているようだ。ぷるぷると頭を振り、気を取り直す。

泰幸の部屋の小窓をノックし、ドアを開けてもらった。インターホンはついているが、最初からの癖でいまもこうしてしまう。

「清良さん、おかえり。……あれ、どうした？　なんか顔が青白い」

この一週間でやっと敬語が抜け始めた泰幸が、いつものマイペースな口調で言う。

手に菜箸を持っているから、夕飯の仕込みでもしていたのだろうか。もう見慣れたけれど、泰幸が大きな身体で狭い台所に立ち、ラフなパーカー、スウェットに黒いエプロンをしているのは、うっかりするとおもしろい。

「そう？　寒かったからかな」

「そんなに寒かったか？　ジンジャーティーじゃ補えなかったのか……」

なんだか、安心する。誠実で、超がつくほど真面目な男の包容力のある低い声が、清良の冷えた身体をふにゃりと溶かすようだった。

ドアを閉め靴を脱いだところで急に力が抜け、清良はぐたりとうつぶせに横たわってしまった。畳マットの上に転がれば、すぐに心配顔の泰幸が駆け寄ってきた。

「清良さん、大丈夫か？」

「平気、なんかどっと疲れただけ。泰幸ぃ、お茶、またジンジャーティー作って……」

「え、ああ、それはいいけど。でもそんなところで寝ると風邪引くから、とりあえず起きてくれよ」

「うーん……」

だらんとした身体をそのままにしていると、はぁ、と息を落とした泰幸の笑い混じりの声が頭上からする。

「起きて。ジンジャーティーならすぐ作るから、頼みますよ」

「だるい……。おまえ力あるでしょ？　ヒーターのとこまで引きずって行ってよ」

どうも泰幸の世話焼きなところに甘えきってしまっていて、ついわがままを言ってしまうことがある。ただ流石が妹がふたりいる長男というべきか、飴と鞭《むち》の使いどころが分かっているのか、厳しいところはびしっと厳しい。

「駄目です。自分で起きて」

「えーっ」

ごろんと転がり、仰向けの姿勢になる。引っぱってほしくて腕を伸ばし、真下から泰幸の顔を見てみる。

「やすゆき～」

名前を呼ぶと、ぐっと眉間の皺を増やし葛藤している泰幸の表情がおもしろい。ややあって顔を背け、「やっぱ駄目だ」と泰幸が大きめの声を上げた。清良は思わずうすい唇を尖らせて、ぶぅ、と文句を言う。

「たまーにケチだよな、おまえ」

「あのね、ケチとかそういう問題じゃなくて。俺はあくまで清良さんのためを思って言ってるんだ」

「なんだそれ。ここに放置されるのが俺のためになるのか？」

「……そういう意味じゃない。もういいから、早く起きてあったまってて」

じゃあいったいどういう意味だというのか。首を傾げると、泰幸はそれを目に入れまいとするみたいにさっと身を返し、台所へ戻ってしまう。

なんとなくおもしろくなくて、清良はぱっと身体を起こすと泰幸の後ろについて台所に立った。音もなく背後に忍び寄れば、泰幸は振り返ってぎょっと目を開いた。

「あ、やっぱり自分で立てるんじゃないか。まったく」

「まぁまぁ。へぇ、ポットもあっためるんだ」

泰幸が無駄のない動きでティーポットとカップをあたためたり、スプーンで紅茶の葉を掬《すく》ったりしているのを、隣でぼんやりと眺める。

普段はちゃぶ台の前でごろごろと食事の準備を待っている清良が台所に立っているのが気になるらしく、泰幸は少量の生姜をすりおろしながらちらりとこちらを見やった。

「……なに？　清良さん、珍しいな」

「ねぇ、生姜はわざわざ毎回すりおろすの？」

声を無視して問いかければ、泰幸はうすく苦笑して手元に視線を戻す。

「そう。繊維にそってするのがポイント」

「ふぅん……」

さりさりと小気味いい音が響くのが、なんだか楽しかった。それからおろした汁だけをティーポットで淹れた紅茶に注ぐ。最後に多めの蜂蜜を垂らして掻き混ぜれば、ほかほかのジンジャーティーが完成した。

器用な泰幸の手つきを見ていると、不思議と心が落ちついた。嘘も含みもなにもない、まっすぐで正確な動きだからだろうか。

「はい。熱いから気をつけて」

「ありがと。うあー、あったけー……」

ちゃぶ台の前に移動して、ラベンダー色のマグカップを手渡される。

息を吹きかけてから一口含むと、甘い中にぴりっとした生姜が効いていて、飲んだそばから腹の中が熱くなった気がした。

「あ、そうだ。今朝はサーモマグありがと。めっちゃぽかぽかして助かったよ」

マグカップを置き、バッグからサーモマグを取り出す。「よかった」とほっとしたような顔を見せる泰幸を見ていたら、昼に結花菜に言われた「男の恋人がいるなんて」という単語がぽんと頭に蘇ってしまった。

当然、泰幸のことだ。たまたま駅で会って一緒に帰ることもあったので、大方そのまま泰幸の部屋にふたりで入っていくところでも見られたのだろう。

噂を流した人間に関しては、なんとなく見当はついていた。

先日別れた玲奈は清良と同じ学部のＯＧだ。結花菜をはじめとした噂好きの女子との繋がりがある。このアパートの場所も当然知っているし、清良の弱みを握るため、別れたあとも周辺を監視していたと考えればしっくりきてしまうのだ。

「清良さん？　どうしたの」

サーモマグを掴んだまま考えこんでいる清良を見て、泰幸が不思議そうにしている。

――キヨくんに、本命ができたっていう噂だよ。しかも……男の。

結花菜の声が次々と蘇る。聞いたときは衝撃だったけれど、本命と言われた当の泰幸を目の前にしてみるとなぜだろう、笑いがこみ上げてきた。ありえない冗談みたいな話だ。

清良は泰幸にサーモマグを手渡しながら、くつくつとちいさく笑った。

「それが今日さ、大学で妙なこと聞いちゃったんだよ。俺に、本命ができたっていう噂」

「本命……？　で、できたのか……」

小声で驚く泰幸に「おい！」とツッコむ。

「できてないって、噂だから！　で、さらに笑えることに、その本命の相手っていうのが男、って話になっててさ」

「男……」

清良は呆然と繰り返した泰幸の顔を指差し、瞼を細めて笑った。気づいていないようなので、言っておく。

「おまえのことだよ、泰幸」

「え……？」

「俺がおまえと仲よくここに入るところを見たやつが、勘違いしたらしいよ。清良に彼氏ができた、って」

おかしいよな——、と続けて、ふたりでげらげらと笑い飛ばす予定だった。

しかし視線を上げた先、固まって動かなくなった泰幸があまりに真剣な顔をしていたから、そうはいかなくなってしまった。

「や、泰幸、どうした？」

「だって、そんなの……俺が清良さんの彼氏だなんて、ひどい誤解じゃないか。本当に申し訳ない。すみません」

わなわなと震えるような声で言って、泰幸が俯く。なぜ泰幸が謝っているのかわからないが、巻き添えでゲイ扱いされて狼狽えているのかもしれない。清良は慌てて手を振り、明るい声を出す。

「こっちこそごめん！　ふざけてるよな、マジで」

「いや俺はいいけど、清良さんが嫌でしょ。彼氏とか」

「あー、おかしいよな、彼氏って言い方。ていうかさ、どっちかというと俺が彼氏じゃんね？ほら、泰幸のほうが女性的だし……」

「へっ⁉」

ぱっと顔を上げた泰幸が、清良の言葉を食い気味に遮《さえぎ》った。珍しい態度にびっくりして目を見開いていると、泰幸はごほん、と咳払いをひとつして、なぜかわずかに耳を赤くして言う。

「いや、清良さんのほうが美人……っていうか綺麗だし、スタイルもいいし……俺のほうが女性的だなんて、絶対そんなことない。この場合はやっぱり、俺が彼氏だと思う」

冗談かと顔を見ると、あくまで泰幸は真剣だ。

「い、いやいや、着眼点がおかしいだろ。それに女性的っていうのは外見の話じゃなくてさ、料理ができるとか、気が利《き》くとかそういう、内面的な意味で……」

勘違いに気づいた泰幸はちいさく「あ」と呟いて、それからみるみる頬を赤くした。すぐにちゃぶ台に両手をつき、表情を隠すように顔を伏せてしまう。

（な、なんだろう、この反応は……）

泰幸の言葉を反芻すると、まるで自分がゲイ扱いされたことは問題ではないような物言いをしている。

肉まんへの反応もそうだし、女性関係の話題についてもそうだ。どこか違和感があるのは極端にシャイなんだと思っていたけれど——まさか。

「や、泰幸。おまえさ、もしかして——……」

びく、と泰幸の広い肩が揺れた、そのときだった。

「……ん？」

かんかんかん、とやけに軽やかに階段を駆け上がる音が耳に入ってきた。泰幸も同時に気づいたのか、はっとして口を閉じた。

続いて跳ねるような足取りで二階の廊下を歩いたと思うと、ややあって、この部屋のドアの前で立ち止まる足音。すぐにインターホンが鳴るのを予想していたけれど、数秒しても聞こえてこない。清良は思わず首を傾げ、ドアを指差した。

「ね、ねぇ泰幸、誰か来たっぽいよ。もしかしてここインターホンぶっ壊れてるんじゃ……」

「しっ！」

問いかけた言葉が、泰幸の長い人差し指によって止められる。唇に触れる寸前まで近づけられ、驚いて顔を見れば、急にひどく切迫した表情になった泰幸が声をひそめて言った。

「ごめん、清良さん。ちょっと静かにして……」

「な、なに？」

「いや、まさか……まだ二週間だし違うだろうけど、いや、違うと思いたい……」

清良は突然縮まった距離に驚きつつも、男でも整った顔なら近くで見ても不快ではないものなのだと知る。

ドアを凝視する泰幸の整った頬のラインに、すぅと汗が流れていく。唇の下のホクロがやはり気になるのは、精悍な作りの顔でここだけ妙に色気があり、どこかあだっぽいからだろうか。

（しかしほんと、わかんないものだな……）

真面目で誠実そうな、きっと女性が彼氏にしたいタイプの男。好きになった女性とまっとうな交際をしてきた男だと決めつけていたけれど、もしかしたら違うのかもしれない。

そんなことを考えていたら、泰幸の肩がぴくりと揺れた。外にいる何者かが軽くこんこん、とドアを叩く音がしたのだ。

「な、なぁ、いいの……？　帰っちゃうんじゃ」

息をひそめて問いてみるも、泰幸はごくりと喉を鳴らしてドアを睨んでいるだけだ。

(それにしても……おかしい)

控えめなノックだが、ずいぶんしつこい。何分しても立ち去る気配がない。

このアパートにたまに来る新聞の勧誘やその他セールスならば、無視していたらすぐに帰ることを清良は知っている。もし泰幸の友人だというならば、ドアの前で一声かければいいはずだ。それをせず、ゆっくり外から炙《あぶ》り出《だ》すみたいに中を探っているこの客人は、いったい？

(まさか)

実は泰幸に関して、まだ残っていた謎があった。

夜逃げさながらのひっそりとした引っ越し作業。外で周りを警戒する泰幸の態度――。

ひとつの仮説が浮かんだとき、清良の頬にも汗が伝った。

「や、泰幸……っ、まさかおまえ、マジで借金取りかなんかから逃げてきたんじゃ……っ！」

思わず声を上げれば、目を見開いた泰幸がばっとこちらに振り返る。

「ちょ、だから静かにって……っ」

大きな手のひらで口を塞がれそうになって、ひ、と清良の喉が鳴ったのと、ほぼ同時だった。

『あっ！　いま、泰幸って言ったね⁉』

――ドアの外から聞こえてきたのは、ぴんと高く澄んだボーイソプラノだった。

歌うような弾むリズムのそれは美しい響きだったけれど、声がしたとたん、目の前の泰幸の顔がみるみる青ざめていった。

ちいさなノックが激しくなるとともに、外の高い声もワントーン上がった。『泰兄！　泰兄、いるんでしょ！』そう聞こえる。

外からはっきりと問いかけられても、泰幸は気が動転しているのか顔を伏せたまま固まって動かない。

「よ、呼んでる、呼んでるって……！　やすにい、っておまえのことだろ？」

『泰兄！　ああ、もうっ！』

痺《しび》れを切らした高い声がドアから離れたと思うと、ゆらり、台所横の小窓に細い人影が映った。まるでホラー映画によくあるシチュエーションだ。

「あ……」

小窓の気配を感じたのか、俯いていた泰幸が弾かれたように顔を上げた。

「そうだ、窓の鍵開けっ放し……！」

泰幸の小声の叫びも空しく、小窓はからからと悲しいほどに軽い音を立てて開け放たれていく。昼下がりののどかな光が台所に差し、そして人形の影が落ちる。

来る。清良がそう思った瞬間だった。

「泰兄――……っ！」

よりはっきりと聞こえる声とともに窓から顔を出したのは、清良が一瞬目を疑うほどの――絶世の美少年だった。

窓から顔を覗かせた人物を認め、泰幸は観念したらしい。げっそりとした調子でドアに近づき、力なく鍵を開けるとノブを回した。

「や、やっと見つけたぁ……」

震える高い声。逆光の中に浮かぶ、成長途中の少年の妖しいシルエット。

ドアが大きく開くと、今度こそ美しい訪問者の姿が鮮やかに目に入った。古いアパートの狭い玄関と、栗色の髪の美少年とが合わさり、強烈な違和感を生む。

少年は我慢できないとばかりに再度「泰兄！」と叫び、靴を投げ出し中に駆けこんできた。立ち尽くす泰幸の腰回りに勢いよく飛びつき、ぎゅうぎゅうと顔を押し付けながら泣き声混じりで言う。

「探したんだからね！　もう、なんでまた黙っていなくなったんだよぉ……」

「絢《あや》……おまえ……」

絢と呼ばれた少年は中学生くらいだろうか。顔はまるで少女と見紛《みまが》うほどにかわいらしいけれど、その体型からして間違いなく少年だ。

それにしても――男同士の抱擁にしては、どうも情熱的すぎる。思わず気おくれした清良が座ったまま後ずされば、「ん？」という高い声を上げた少年が、泰幸の横から栗色の頭を覗かせた。

見えた顔は恐ろしくちいさく、白くて、ふっくらとした頬と唇だけが林檎《りんご》のように赤かった。くっきりとした二重に、くるりとカールした睫毛が特徴の大きな瞳に捕らえられ、思わずどきりとした瞬間だった。少年の愛らしい表情が一変、一気にきつく吊り上がった瞳が清良を睨みつけた。

「泰兄、誰なの、この男！」

「おい、そんな言い方は……」

言葉遣いを咎《とが》める泰幸の言葉を聞き終える前に、少年はこちらを見やったまま敵意をむき出しにして言う。

「ふたりでなにしてたのっ？　まさか浮気じゃないよね」

「浮気って、おまえまだそんなこと言ってるのか？　俺は、おまえのこと……」

「や、やめて、聞きたくない！」

少年の高い叫びが部屋に響いて、凛とした余韻を残す。泰幸がちいさく息を呑んで、それから諦めたように口を閉ざした。

しん、とした部屋に少年の寂しげな声がぽつりと落ちた。

「……やっぱり、泰兄は綺麗な人のほうが好きなんだ」

少年の瞳は確実に清良を見ている。ということは、綺麗な人、というのはまさか自分のことなのだろうか。

綺麗――というと、条件反射のように清良のなかでひとりの女性の顔が浮かぶ。母親だ。心の中の水面が奥からゆらゆらと揺れる気がして、ああ嫌だな、と思う。

そして清良はいつの間にか男同士の揉め事の中に入りこんでいることにも気づき、もう苦笑いするしかなかった。

「あ、あはは。俺って綺麗？」

「ごめん清良さん、気にしないで。おい、迷惑になるからやめろ、絢」

泰幸の口調がまるで子供を叱る親のようだと思ったけれど、清良は親に叱られたことがないので正確にはわからない。

うすうす感づいていたが、少年は泰幸が以前言っていた「妹みたいな男の幼馴染」だろう。確かにこの外見では弟というより、妹だ。

「高校はどうしたんだ？　まだ冬休みになってないだろ。まさか、サボり……」

「ち、違うよ、学校ごと転入してきたんだよ。毎週こっちで講習会があるから、音大出身の叔父さんのところでレッスンつけてもらうことにしたんだ。叔父さんね、見た目は超悪いけどいい人だし、ピアノの腕だけは確かなの。僕はまだうまく弾けないけど」

泰幸の視線に狼狽えつつも、少年は必死に言葉を紡ぐ。

どうやら少年は高校生らしい。童顔すぎる。さらにこの外見でピアノのレッスンだなんて、もはや少女漫画の世界だ。彼の奏でる音楽はきっと、彼の容貌と同じで美しいのだろうと清良は思った。

「それ、本当か」

「もちろん。泰兄、信じてよ」

「とりあえずはそういうことにしておくけど、あとでおばさんに確認するからな。……で、なんでここがわかった？　この場所は俺の両親も知らないはずなんだけどな」

「う、ごめんなさい、泰兄。じつは、母さんを説得して、調査業者に頼んで……」

「調査業者って……探偵か？」

泰幸は「尾《つ》けられてる気がしたの、気のせいじゃなかったんだな」と呆れた声で呟いた。

（なるほど、そういうことか）

謎が一気に解けた。泰幸が外を歩くとき、やけにきょろきょろしていたのはそのせいだったのか。夜逃げ同然の引っ越しも、なぜかはわからないが、少年から身を隠すためだったのだ。

「そんなことに金を使ったらだめだ。音大受験にはものすごい金がかかるんだって、おばさん言ってたぞ。俺のことで探偵まで使うなんて……」

泰幸が再度、深いため息を落とす。

続いて聞こえてきた少年の言葉に、清良は思わずごくりと喉を鳴らした。

「ごめんなさい。でも僕、泰兄がいないとだめなんだもん……」

以前清良も女性に言われたことのある殺し文句だ。あのときの清良は背筋がひどくぞっとして涙目で逃げ出したものだったけれど、泰幸はなにも言わず、ただ立ち尽くすだけだった。

（く、空気が、濃厚すぎる……）

ここまできて、清良はさすがに居場所がなくなってきた。

他人同士の修羅場は何度も見てきたし、巻きこまれたこともあるが、こんな世界は知らない。美男美女の――いや、美青年と美少年の、おそらく痴情のもつれだ。さらりとした水なんかではない、甘酒のべたべたでずぶずぶの関係だ。

肺まで甘い水に浸された気分になる。息が詰まって仕方なくて、清良はごほん、と咳払いをひとつした。玄関前で抱き合うふたりがばっとこちらに顔を向けたから、清良はまた笑うしかない。きっと存在を忘れていたのだろう。

「えーと、あはは、ごめんな。邪魔して……」

仕方なくそう言うと、少年がこちらを見て細い顎をつんと上げた。

「そうだよ、なんでまだいるの？　出てってよ！」

「おい、絢！」

「だって僕は泰兄に会いに来たんだよ。邪魔者はさっさと帰って！」

泰幸がすぐに止めたものの、興奮した少年の勢いは止まりそうにない。これは厄介だ。清良は「最近の若者はこわい」なんて、おおよそ年寄りじみたことを考えながら立ち上がり、ふたりの横を素早くすり抜けた。

玄関をくぐる前、泰幸が心底申し訳なさそうな声で「ごめん」と謝ってきたから、軽く振り向いて言ってやる。

「野暮なことは聞かないでおく。……でもさ、ショタコンはやばいよ？」

とたん、泰幸が目を剝《む》いた。視線をかわすように傍から飛び退き、ぴょんと廊下に躍り出た清良に、焦った顔になった泰幸が叫んだ。

「ち、ちがうから！　ちがうんだってば、清良さん！」

泰幸は追いかけようとドアから身体を出したが、「泰兄」と叫んだ少年が腰にべたりと張り付いて離れず身動きが取れないようだった。遠目にも、なかなか壮絶な光景だ。

「清良さん！」

呼ばれた清良は自室のドアを開け中に入る寸前、心底狼狽した顔の泰幸に「がんばれよ」の意味をこめ、ちいさくウインクを返したのだった——。


身体に感じる肌寒さに、清良はぶるりと震えながら目を覚ました。

どうやら毛布がずれていたらしい。掛け直すついでに隣で呑気な寝息を立てる篤志の毛布を剝《は》ぎ、清良は自分の分と合わせて丸まった。

二度寝をしようとしたものの、腹がきゅうきゅうとうるさく鳴って眠れなかった。

昨日は泰幸の部屋に例の美少年が乱入してきたことで、泰幸の作る夕飯も食べ損ねたのだ。

あのあと自分の部屋に戻ると、うすい壁の向こうからふたりの話し声が聞こえてくる気がしてなんとなく落ちつかなかった。だから篤志に連絡して、久々にアパートに泊めてもらった。

「こんな夜に来るなんて珍しいじゃん。どうしたの？」という篤志の言葉に、返事ができなかった。説明したくても、清良にもよくわからないからだ。携帯電話が鳴っても無視をして、なにも言わずベッドに潜りこんだ清良に、篤志はそれ以上聞かなかった。

（腹減ったし、なんかイライラする）

昨晩はふたりの濃厚な修羅場に当てられたのか食欲がわかず、結局夕飯を抜いた。空腹だと人間は苛立ってしまう。それは生理現象なのだから仕方がないだろう。

しかし寝ぼけ眼をこすりながら篤志と適当な朝食をとり、大学に着いても清良はまだ胸の奥がすっきりとしていなかった。

講義の合間にラウンジに入り、ソファにもたれて思わずため息を落とした。隣に座った篤志が、見かねたように切り出してくる。

「キヨくん、昨日からずっとそんな調子だねぇ。聞かないでおこうかと思ったけど……もしかして男の彼氏ができたとかいう噂、気にしてるの？」

「ああ、それな。笑える」

やはり篤志の耳にも届いていたか。なんだか空しくなってきて、はは、と乾いた笑いを落とした。噂の相手には美少年の彼氏がいるのだ。

とはいえ、それはそれでいいことだと思うのに、自分はなにをもやもやしているのだろう。

「キヨくん。笑えるっちゃー笑えるけどさぁ、一応気をつけたほうがいいよ～？　キヨくんみたいな綺麗めな子が好きなゲイっているもん。男もイケるかもって噂聞いて、誘われるかもよ」

篤志に小声で言われる。背筋にぞくりとしたものが走り、清良はうなじをおさえた。

「待て、恐ろしいこと言うな」

「いや、マジだから！」

とんでもない話だけれど、男もイケるなどという噂は真実ではない。最悪、篤志が言うように噂を聞きつけてきた男に襲われたとしても、急所を蹴り上げでもして逃げてくればいいだろう。清良はおもむろに立ち上がるとすらりと細い脚を伸ばし、背もたれに上半身を預けている篤志の股間に蹴りを入れる振りをした。

「ひっ、ちょっとぉ、キヨくん！」

「俺はか弱い女の子じゃないよ。それにさ、見た目が綺麗っつっても女みたいなわけじゃないし、そんな物好きはいないだろ」

「そうかなぁ。マジで気をつけてね。いざとなったら俺を呼んでよ、守るからさ」

篤志が珍しい真顔でそんなことを言うものだから、ぷっと噴き出してしまう。

「篤志、なんだよその台詞《せりふ》。ナイト気取りか」

「違うって～、本気で心配してるんだからね！」

心配顔の篤志を安心させようと肩を叩いてから、清良はラウンジを出て、講義室に向かって大股で歩きだした。

そう、自分は女ではない。ナイトなんて必要ない。そういうものが必要な男というのは、昨日の絢と呼ばれた美少年、ああいう人間のことだ。

（いやいや、なんでこんなこと考えてるんだよ俺）

ゆらゆらと、心の中の水面が揺れている音がする。自分の力の及ばないところで、なにかが作用している。

なにも考えたくなくて、講義中も必死で「無」になろうと試みていたら、あっという間に時間が過ぎて夕方になっていた。苛立ちは通り過ぎて、もやもやに変わっていた。

行くところもないので、家に帰る。アパートに着くと、夕暮れに染まる建物の前に一台のタクシーが止まっていた。階段の手すりに手をかけ、なんとなく車のほうに目をやれば、そこには泰幸と少年がいた。

よりによってこんな場面に出くわしてしまうとは。自分の間の悪さを呪いつつ、こっそり部屋に戻ろうとしたけれど、聞こえてきたふたりの声につい足が止まってしまう。

「それじゃ、気をつけてな。勉強に専念しなきゃ駄目だぞ」

タクシーに乗りこむ少年に、泰幸が身体を屈《かが》めて声をかけている。

「うんっ。でもたまには遊びに来てもいいでしょ？」

少年の問いに、泰幸はゆるく首を横に振っていた。少年の顔は見えなかった。

泰幸が運転手に声をかけ、ゆっくりと車が発進する。

泰幸はしばらくそこに佇んで、オレンジの街に消えゆくタクシーを見送っていた。

思わずぼんやりとその背中を眺めていたら、重いため息を落として踵を返した泰幸と目が合ってしまった。

「あ……」

「お、おー、泰幸」

朝帰りの友人と出くわしたときのような気分だ。泰幸は寝ていないのか、いつも涼しげな瞳がどこか虚《うつ》ろで、心なしか顔がやつれてさえ見える。

「昨晩はお楽しみでしたか？　なんちゃって」

笑いながら泰幸の横に近づいたものの、軽口しか出てこなかった。当然泰幸は笑顔を見せずに、軽く固まってからぼそりと言った。

「そんなんじゃないから、本当に」

「マジで？　相当怪しい雰囲気だったけどね」

「いや……本当に違う。ただの幼馴染だ。信じて」

「ふーん？」

清良が言いながらすたすたと歩きだすと、泰幸もついてきた。慌てて顔を覗きこまれて、心底申し訳なさげに言われる。

「清良さん。昨日は追い出したみたいになってごめん。夕飯は用意したんだけど、声かけたら出かけてるみたいだったから。電話したけど、出ないし……」

泰幸の声に覇気がないせいか、大型犬の黒い耳がどこかへたれて見える。

泰幸の凛々しい眉が下がっているのを見ていたら、朝からもやもや、イライラしていた胸のつかえみたいなものがなぜか、すこし消えた。

そしてどうしてか、ふいに、もっと困らせてみたくなる。

「邪魔したくなかったからさぁ。ふたりはそういう関係なんだろうなーと思ったから、やさしい俺は気ぃ使って外出たわけよ」

「だから、それは誤解だって！　清良さん！」

階段を軽やかに上っていたら、後ろから手首をがしりと掴まれた。泰幸の手が自分に触れてきたのは初めてのような気がする。大きな手のひらは思ったよりもひんやりとしていて、長い指は男らしく骨ばっていた。

清良は立ちどまって振り返り、泰幸に掴まれた腕をぐっと顔まで持ち上げた。皮膚同士の触れあいを、泰幸の目の前に見せつけるように差し出す。

「こんなとこ誰かに見られたら、また妙な噂が出ちゃうかもな？　俺とおまえの」

「あ」

泰幸が慌てて手を離したから、にっと笑って言ってやる。

「あーぁ、腹減ったなぁ。夕飯はなにかな？」

とたんにこくこくと頷いた泰幸が、早口で言う。

「い、いますぐ準備する。なにがいい？　清良さんの好きなものにする」

「え？　うーん……」

食べ物に拘《こだわ》りがないせいで、こういうときの答えにいつも困ってしまう。だから清良はとっさに、唯一頭に浮かんできた食べ物の名前を口にした。

――ロールキャベツ。

清良は気軽に言ったつもりが、じつはあれは洋食界の重鎮、簡単そうに見えて奥が深い料理なんだそうだ。

泰幸の大学で調理実習の課題にもなったことがあるという。本格的にやろうと思えばいくらでも手間がかけられる料理らしく、どうせならじっくり作りたい、と泰幸の誠実そうな横顔が言った。

とりあえず今日は手っ取り早くできるパスタでも作ることにして、ロールキャベツはまた今度、改めてご馳走します、と言われた。昨日迷惑をかけてしまったお詫びにと、豪華なディナーにしたいらしい。なんて律儀なやつなんだろう。楽しみだなと笑えば、泰幸はわずかにほっとした顔をしていた。

それから食べた一日ぶりの泰幸の料理は、やはり格別においしかった。

ちょうどいい硬さに茹でられたパスタをフォークで掬い、半熟卵とともにトマトソースに絡める。くるくると巻いて口に運べば、爽やかな酸味と甘みが舌の上に広がって、思わず清良は頬をほころばせた。

このままうまさに免じて昨日のことは忘れようと清良は思っていたけれど――、またも真面目な泰幸がそれを許さなかった。いつも通り食後のお茶を啜っていたら、泰幸が神妙な顔つきで改まって言った。

「清良さん。昨日のことだけど、さっきも言ったけど誤解なんだ」

「うん、わかったよ。ふたりはまだできてないんだろ？」

「……まだ、とかじゃない」

泰幸の眉間の皺が増える。困った顔が見たくて、つい意地悪を言ってしまった。

「ごめんごめん、嘘！　そういう関係じゃないんだよな。でもあの美少年は泰幸のことが好きで仕方なさそうだったけどね。俺のこと、敵意むき出しの目で見てたしさ」

少年は大きな瞳をぎらぎらと輝かせて、まっすぐにこちらを睨んでいた。感情を隠そうともせずに。あれだけ気持ちを正直にぶつけられると、普段気持ちを誤魔化してばかりの清良は眩しくて目が眩《くら》みそうになった。

「絢が失礼なことをして、本当にごめん」

「だからもういいって。ロールキャベツで手打ちだろ」

「……気合入れて作る」

泰幸が丸い湯呑茶碗を筋張った指先で摑んで、一口飲んでからぽつりと呟いた。

「来るなとは言っておいたけど、絢はまたここに来ると思う。だから話しておきたい。もしかしたら気持ち悪いと思うかもしれないけど……いいかな」

面倒な話は苦手だけれど、ふたりのことは単純に知りたかった。清良が頷けば、泰幸はゆっくりと言葉を探しながら話し始めた。

「絢は前にも話した、俺の実家の隣に住んでる幼馴染で、赤ちゃんのころから知ってる仲なんだ。男だけどあんな見た目だから、俺もつい妹がひとり増えたみたいな気分でずっと世話を焼いてて……」

それがまずかったのか、と泰幸が表情を曇らせる。

いつの間にか絢は泰幸のことを幼馴染としてじゃなく、ひとりの男として好きになってしまった。一年ほど前にそう告げられ、泰幸は驚いたという。

泰幸としては、絢のことは実の妹たちと同じ扱いをしていたつもりだった。周りからは過保護だ、怪しい関係じゃないのか、と言われていたけれど、そんなつもりもなかったと。

清良は、ああなんだか納得かも、と内心思った。同性も恋愛対象な相手だったなら、泰幸のやさしさは勘違いをさせるに十分な甘さだろう。

「好きだと告白されて、俺は受け入れられなかったんだ。正直に弟としか思えないと言ってしまったら、絢はショックで塞ぎこんで、しばらくピアノも弾けない状態になった」

絢は地元の新潟ではすでにリサイタルを開くことがあるほど名が知れているピアニストで、周りから将来を有望視されているという。そんな絢の指が動かなくなったとなれば、ちょっとした事件だ。

とはいえ、もともと絢は指先に気持ちが出やすいタイプで、不安定なところがある。大事な場面で緊張して指先の震えが止まらなくなったりすることもよくあった。

そんなときは、泰幸が絢の手を握り、目を見て『大丈夫だ』と言えば震えが収まった。ちいさいころに一度そうしてから、すっかり定番の儀式になってしまっていたという。

「告白されてからそれをやめたから、絢のピアノはさらに不安定になった。依存だったんだろうな。あたりまえにそうしてたから、それが異常だって気づかなかったんだ」

スランプの原因が泰幸にあると知った絢の両親は、泰幸に頭を下げてきた。絢の気持ちに応えてやって、と。

清良は静かに頷きながら聞いていたが、それを聞いてさすがに声を出してしまった。

「それは……すごいね。彼の両親は泰幸が男とか、関係ないんだ……」

丸い湯呑茶碗を指先でなぞりながら言ってから、はたと気づいた。泰幸は——。

泰幸を見れば、黒い瞳をまっすぐにこちらに向けていた。数秒見つめ合って、視線が外せずにいたところで泰幸が意を決したように口を開いた。

「じつは、そこは問題じゃないんだ。たぶん俺も、ゲイなんだと思う」

毅然《きぜん》とした態度で、はっきりとした口調だった。たぶんとは言ったものの、もう確信があるのだろう。

そっか、と静かに頷けば、泰幸はすこし緊張を解いた顔をした。

（やっぱりそうなんだ。泰幸が、ゲイか……）

少なからず衝撃は受けたけれど、予想はしていたので意外ではなかった。清良のたくさんの知り合いの中には、異性に興味が持てない男、というタイプももちろんいる。だから偏見はないと言い切れる。

ただ清良の周りのこの手の人種はすでに紆余曲折を経、吹っ切れたあとの男しかいないのだ。見た目も一目でそれとわかるものがあり、むしろストレートな男よりも自由に遊んでいる猛者《もさ》ばかり。

そういう人間と、泰幸はまったく違う気がする。

まだ道の途中で迷っているような、そんな印象だ。

泰幸は俯いて、膝の上でぎゅっと拳を握った。

「昔から女性にまったく興味が持てないし、それに……」

「それに？」

「あ、いや……やめとく」

　ぽつぽつと言う泰幸は気まずそうにちらりと視線を上げて、また伏せてしまう。

「えっ？　なんだよ、気になる。そこまで言ったんなら言えよ」

　清良が唇をとがらせていると、泰幸はうーん、と低く唸《うな》ったあと、ぽつりとひとり言のように呟いた。

「………男のことを考えて、反応するから」

　思わず、お茶を噴きそうになった。

「ああ、やっぱり引いたか。気持ち悪いよな、ごめん……」

　泰幸が肩をちいさく落とす。性癖を否定されたと思ったらしい。

「ち、違うって、ごめん！　俺はそういう偏見ないし、そこは大丈夫だから安心してよ。そうじゃなくて、なんか泰幸がそんなこと言うなんて意外だったからびっくりしただけ。下ネタとか苦手だと思ってたから」

「苦手っていうか、どう反応していいかわからないんだよ。いや、皆が好きなのはわかる。だって男だから。せめてそういうとき俺も一緒に笑えたらよかったんだけど、どうもうまく笑えないっていうか……」

　泰幸は苦笑しながら言って、ふぅ、と息をついた。清良との肉まんの一件もそうだが、他にも思い当たる出来事があるのだろう。不器用な笑顔が、清良の胸をわずかに締め付けた。

「でもだからって、自分がゲイだとは考えてなかった。そうなのかもって思い始めたのはこっちに来てからなんだ」

なにか目覚める決定的な出来事でもあったのだろうか。聞いてみたい気もしたけれど、あまり詮索するのもどうだろうかと思って、清良は口を噤《つぐ》んだ。

「絢とのことが俺の親にも伝わって、お前も男が好きなのかと聞かれたんだ。俺は頷かなかったけど、否定もできなかった。親はそれを無言の肯定と取ったらしい。彼女のひとりも作らない俺に日ごろから思うところもあったんだろうな。典型的な堅物親父だから息子が異常性癖の持ち主だったと嘆いて、それで実家を追い出されて、家族とはあまり連絡が取れない状態になってる。俺の実家のほうは近所の目が厳しいから、妹たちのことを考えると仕方ないことかもしれないけどな」

泰幸が実家の話をするとき、遠い目をする理由が分かった。地方の狭いコミュニティ内では、そういった類の噂はすぐに広まってしまうのだろう。淡々と語る泰幸が切なかった。

「そっか……。知らずにいろいろ聞いてごめんな」

泰幸がちいさく首を振って、指先を見つめながら言う。

「とにかく、俺がゲイだったとしても、絢のことは弟としか思えないんだ。だから申し訳ないけど気持ちに応えることはできないって、頭を下げる絢の両親に伝えたんだ。そうしたら今度は、絢のためにしばらく距離を置いてくださいと言われた」

もともと大学進学を機に上京予定だったこともあり、泰幸は苦しく思いながらも了承した。

ややあって東京で独り暮らしを始めたものの、一か月足らずで絢が実家を飛び出しては、部屋に上がりこんでくるようになったのだという。

落ちつかない状況で、ますます絢のピアノレッスンの成績は落ちていく。このままではいけないと、泰幸は誰にも場所を告げずに夜逃げ同然の引っ越しを決行したのだ。

「なるほどね。で、またバレたんだ」

「そう。どうせいつかはバレるだろうとは思ってたけど、まさか一か月持たないとは思わなかったな」

絢と距離を置いてと頼んできたあちらの両親は、再度泰幸が姿を消したあとの絢の落ちこみようにとうとう折れたらしい。調査業者に依頼して泰幸の居場所を探り、結果、昨日の修羅場が発生したというわけか。改めて、とんでもない場面に遭遇してしまったのだと思う。

「結局逃げても解決しないいんだ。俺が絢の気持ちに応えられれば、それが一番いいんだろうけど……どうしても無理だ。自分の気持ちに、嘘がつけない……」

泰幸が独白のように言った。

(もう諦めて、嘘ついちゃえば楽なのに)

まるで対照的な言葉が喉の奥から溢れそうになるのを、ぐっと堪えた。

清良はなにもかもを諦めて、本当の気持ちを見ないふりして、心の奥に沈めて嘘をついてしまう。苦しみたくないからだ。

自分の気持ちに真っ向から向き合って苦しんでいる泰幸や絢は、なんて強いんだと思う。

「清良さんは、好きでもない人とつき合えるんだったよな。俺もそんなふうに、器用にできればよかったのに」

ぐっと唇を噛んで、悔しげに顔を歪《ゆが》める泰幸を見て、清良は初めて会った日のことを思い出していた。

ああ、だからあの日、泰幸はあんなに怒りを露《あらわ》にしていたんだ。清良に対する怒りではなく、不器用な自分自身への憤りの結果だったのか。

（こいつ、やっぱめちゃくちゃやさしいんだ……）

きっと泰幸は絢のことも、家族のことも、ぜんぶ大切だから苦しんでいるのだろう。傍目《はため》から見ると理不尽な要求をする相手が悪い気がするのに、泰幸の怒りはそちらではなく、自分自身へと向かうのだ。

清良からしてみれば、羨ましいくらいまっすぐで、やさしい。

（いいなぁ）

向かいで顔を伏せてしまった不器用な男が、妙に愛おしかった。慈しみや同情ではなく、尊敬に近い気持ちだろうか。

「不器用なの、いいじゃん」

清良は口元にシニカルな笑みを浮かべ、軽く言った。

「え？」

「そのままでいいよ。嘘なんて無理につかなくていいと思うな」

「……清良さんは、本当にそう思う？」

うん、と頷けば、泰幸は目を細めて眩しそうにこちらを見ていた。

眩しいのはこっちだ、と思いながら、清良は口を開く。

「泰幸は超やさしいよね。俺だったら嘘ついて適当にかわして、めんどくさくなったら国外まで逃亡するかも。俺ってばクズだからさ」

照れ隠しでいらぬ軽口を叩いてしまうのは、性分だから仕方ない。泰幸の眼差しからじわりと溢れる空気の甘さに、耐えられなかった。

「それを言ったら、俺だって結局逃げてるんだからクズってことになる」

泰幸がふっと口の端を上げて、自嘲的に言う。

見慣れない表情だった。そんな顔はしてほしくなくて、清良は腕を伸ばした。ちゃぶ台の上でへたれている黒髪に触れると、はっと顔を上げた男と目が合う。

「ごめん。泰幸はクズじゃないよ。その反対だよ」

「……クズの反対？」

「なんだろうね。聖人君子か？」

にやりとしながら言ってやると、ははは、と泰幸は大きく口を開けて笑い声を上げた。

泰幸は言いたいことを吐き出せて、安心したのかもしれない。初めて見たその顔は心底楽しそうで、清良もうれしくなってしまう。

触れていた手のひらで泰幸の頭をぐりぐり撫でれば、今度は困ったように笑う。

「うーん。その顔、いいね」

「なんだそれ。聖人君子ってのもだけど、清良さんってたまに変なこと言うよな……」

意志の強い泰幸の眉がへにゃりと下がるのが、やはり楽しく感じてしまう。

不器用な男は清良の気まぐれな行動に苦笑して、まいったな、と呟いていた。

2

十二月も半ばになり、知らぬ間に街はすっかりクリスマスムードに包まれていた。

昼間でも賑《にぎ》やかな繁華街。暗くなればイルミネーションが美しいであろう大通りを泰幸《やすゆき》と一緒にぶらぶらと歩いた。

清良《きよら》の顔見知りの店員がいるカジュアル系のセレクトショップに入り、新作のカットソーやシャツを泰幸の上半身に当ててみる。

泰幸は肩幅が広いから、身体のラインがわかる細身のシャツがいい。貧弱な男が着ても恰好がつかないけれど、がっしりとした泰幸ならば着こなせるだろう。

インスピレーションで泰幸に似合うと思った何枚かに絞り、試着室に向かっていた途中で、泰幸が肩越しに振り返って小声で言った。

「清良さん。ここ高いんじゃないの？　俺あんまり金ないよ」

「そうでもないって。デザインは綺麗めだけど、お手頃価格なのが売りの店だから」

「そ、そうなのか？　って、え、こんなに試着するのか？」

「うん。全部見せてね」

清良さん、と戸惑いの声を上げる泰幸を試着室に押しやって、シャッとカーテンを閉めた。

自分が選んだシャツを泰幸が着ているところが早く見たい。清良はわくわくして、首に巻いた大きめのストールの裾をくるくると回した。

今日は祝日で、午前中はふたりとも暇だった。しかもこの時期には珍しく朝からそれほど寒くなかった。小春日和というにはすこし遅いけれど、お出かけ日和だと感じたのだ。

どこかに出かけないかと隣の部屋のドアをノックしてみると、泰幸はうれしそうに笑って「じゃあこれから準備する」と承諾してくれた。それから数分後、清良の部屋のインターホンを鳴らした泰幸の恰好が、なにかおかしかった。妙に明るい色のチェックシャツに、だぼついたボトムス。簡単に言うと――ダサかったのだ。

初対面のときはサイズがぴったりあった服を着ていたので「ものを見るセンスがある男」と思ったものだったが、どうやら間違いだったらしい。聞けば、いままで着ていた服はほとんどが実家の妹たちが選んでくれたものだというのだ。

スタイルがよく男前な兄は、やはり妹たちの自慢だったのだろう。休日には地元のショッピングセンターに荷物持ちとして連れていかれ、泰幸はついでにそこで自分の服も見繕ってもらっていたらしい。微笑ましい話だが、そのせいで泰幸自身のファッションセンスはこの歳までまったく磨かれることはなかったわけだ。

人の趣味に口を出すのは気が引けるけれど、せっかくの泰幸の長所を相殺するような服が残念すぎて、耐え切れなかった。そうして清良は泰幸の腕を引き、いつも自分が買い物をしているショップに連れてきたのだった。

「清良さん」

声とともに控えめにカーテンが開く音がして、泰幸が試着室から出てくる。

振り向いて、清良は思わず息を呑んだ。横で様子を見ていた店員も、同じようにはっとした

顔をしている。

（想像越えた、かも……）

泰幸がもとから持っている凜々《りり》しさにかすかな色が乗り、うっかりすると見とれてしまいそうないい男になっている。

高校時代に空手をやっていたと言っていたけれど、想像以上に引き締まった上半身——細身のシルエットのシャツがぴったり似合っている。まるで服がもとから泰幸の身体の一部だったみたいに思えるほど、しっくりきていた。

瞼《まぶた》をぱちぱちしているだけでなにも言わない清良に不安を覚えたのか、泰幸がさっとカーテンを引いてぼそりと「似合わなかったんだな……」と言った。

「いや！　待て待て、超かっこいい。どうしよう～って思うくらい」

「本当？　なんか信じられないな」

「マジ、マジだから！」

意外と疑り深い泰幸を必死で宥《なだ》めて、他にも何着かフィッティングさせた。どれも思った以上に似合ってしまって、清良は頭を抱えた。

これは妹たちも連れまわしたくもなるはずだ。なにを着せても様になるから、楽しいのだ。自分の持つ脳内イメージを易々と越えてくれる。思わずテンションが上がり、清良は久々に頬を上気させた。

「あ——……、やばいな、くそ、ぜんぶかっこいいよ……っ」

ぶつぶつ言いながら最後の足掻《あが》きで泰幸の上半身に服を当てていると、泰幸が目細めてこちらを見ていた。首を傾《かし》げると、さっと視線を外される。

「……なんだよ。泰幸、もしかして俺のこと」

「なっ、なに」

シャツを当てている広い肩が、びくっと跳ねた。まさかとは思うが……、

「妹みたいに思ってるんじゃないだろうな」

「えっ？」

「妹と同じだーって思ってたんだろ」

目を見開いた泰幸の顔を指差し、恨めしげに言う。清良は泰幸が絢《あや》に対して妹と思っていたように、もしかしたら自分に対してもそういう気持ちがあるのではないかと思うようになっていた。

先日のカミングアウトがあってから、泰幸はますます清良にやさしくなった。もともと世話好きな性格だから、慣れて本性が出てきたということなのかもしれないけれど。

「そういう目、してたぞ」

「してない。妹だなんてまったく思ってないし……思えるわけないだろ」

泰幸が片手を振り、ふふっと笑った。

清良は頭の中で無意識に、その笑顔をフレームに収めてパシャリと写真を撮った。最近泰幸はよく笑うようにもなったけれど、いまの笑顔は見たことのない種類だったのだ。

本物のカメラは持っていないので心の中に残すだけだけれど、いまの写真はよく撮れた気がした。

出会った当初が無表情だったせいか、知らない表情が見られるとうれしい。コレクションがたまるたび、心の中の水面がゆらりと揺れる気配があるけれど、不快ではない。

(この感じ……なんか落ちつかないけど、楽しい)

見慣れない表情で、自分の選んだ服を着ている泰幸を見ていたらそわそわした。口の端は無意識に上がって、身体の奥からなにかが湧き上がる不思議な感覚。

思わずふはっと息を吐いて笑えば、泰幸もまたうすく笑った。

「清良さんが珍しくはしゃいでて、楽しそうだなと思って見てたんだ。服選んだりするのが好きなんだなって」

「確かに楽しい。……あ、そういうことか?」

「え?」

「いや、なんかやけに楽しいから、なんでだろうと思っててさ。そういえば昔から自分の服コーデすんのは好きだったけど、人にすんのって初めてかも」

「初めて……そうなのか」

泰幸が妙にしみじみと言って、鏡を見てすこしうれしそうにしていた。ファッションに興味がないとはいえ、自分に合ったコーディネートは気分が上がるものなのだろうか。

清良もうれしくなって、じゃあ次これな、と別のシャツを泰幸に手渡した。

（知らなかった。夢中になるってこういうことか）

睡眠と読書以外で、こんなに無になれる時間があったのか、と驚く。自ら進んで「無」に逃げるのではなく、無意識に目の前のことに集中して、周りが見えなくなる。頭の中がイメージでいっぱいになって、モデルになる相手――泰幸のことだけを考える。充実した時間だ。

最終的に一番初めに試着したシャツに決め、泰幸に了承を得てレジに持っていく。清良は早く自分以外の人にも泰幸の姿を見てほしくて、横から馴染みの店員に「着ていくからそのままでいいよ」と声をかけた。

清良の選択は間違っていなかったと、それからすぐにわかった。

行きにも通った並木道を歩いていると、通りすがりの女性たちの視線がちらちらと泰幸に注がれ続けたのだ。もちろん清良にも視線は寄越されるのだけれど、今日は泰幸に軍配が上がったらしい。

清良は自分のセンスが認められたようで鼻が高かった。ふんふんと機嫌よく鼻歌を口ずさみつつ泰幸の背中を抱き歩いていたら、泰幸が言い辛そうに「あのさ……」と呟いた。

「ん？」

「ほら、前に言ってただろ、清良さんに男の彼氏がいるっていう噂の話」

「ああ。最近聞かなくなったけどね」

「そうなのか？　いや、こんな風に歩いてたらまた誤解されるんじゃないかと思って……」

「あ、そっか。悪い」

そう言われればそうだ。噂は消えていないだろうが、ここ数日は特になんの被害もなかったのでうっかりしていた。

腕を外し歩き始めた数分後、清良はふと、視線を感じて横を見た。並木道の端から数人の若者がにやにやとしてこちらを見ている。さりげなく観察してみれば、その中に見覚えのある風貌の女性を見つけた。

（……玲奈《れな》？）

ふたりの若い男を携えている女は、元恋人に似ていた。腰まであるロングヘアに、小振りな頭。ただその瞳には濃い色のサングラスがかかっていて、確信が持てない。

玲奈だとしたら、まさにさっき話していた噂を流した犯人かもしれないのだ。そこまで自分に固執していると思うと、暗闇の向こうから感じる視線がじっとりと粘着質な気がして、清良は思わず身震いした。

さらに、なにを話しているのかはわからないが、横にいる男たちも意味深な笑みを浮かべてこちらをちらちらと見ている。不気味に思っていると、横から泰幸に軽く腕を摑まれた。

「……泰幸?」

見上げた先の泰幸も男たちを気にしていたらしい。眉を寄せ、じっと彼らを睨んでいる。小声で「早く行こう」と言われ、泰幸に腕を引かれるままに早足でその場を離れた。

泰幸は数人の若者が見えなくなったのを確認してから足を止めた。

「泰幸、どうしたんだよ」

「いや……さっきのやつら、清良さんのことやらしい目で見てたから。気をつけたほうがいいと思う」

泰幸がそっと腕を外しながら、神妙な顔つきで言う。

やらしい目、とは。泰幸が言うのを聞くと妙に気恥ずかしい気分になり、清良は目を泳がせた。普段生真面目な泰幸は潔癖にも見えるし、どうも性的なものとは縁遠い気がするのだ。そんな泰幸が発する「やらしい」という単語は、他の誰が言うよりも卑猥《ひわい》なものに聞こえてしまって困った。

突然黙ってしまった清良に、泰幸はなにか勘違いをしたのか慌てて手を振る。

「あ、違うぞ。妹扱いしてないからな」

焦った泰幸の顔がおもしろくて、清良はくっくっと肩を揺らして笑った。

女扱いするな、と不快に思ってもいいものなのに、そんな気にはならない。ただ当たり前のように心配されて、胸がくすぐったい気分になった。

景色の綺麗なフレンチの店でランチをして、地元の駅に戻り、夕飯の買い物をしたり、レンタルショップで映画を借りたりした。清良が好きなホラー映画を手に取り一緒に観ようと勧めると、泰幸が青い顔をしていたのがおかしかった。

そうこうしているうちに、玲奈とも思わしき女のねっとりとした視線も、男たちの不気味な笑みもすぐに頭から消えてしまった。

平和なカップルのようなコースを上機嫌のまま辿り、アパートに着いて、雑談をしながら階段を上ったふたりはそこで絶句した。

「泰兄‼」

高く澄んだボーイソプラノ。

泰幸の部屋のドアの前、制服姿の美少年が佇《たたず》んでいた。栗色のさらさらした髪を揺らし、白い頬を夕焼けに染めて、きらきらした瞳でこちらを見ている。見間違えるはずもなく、絢である。

「泰兄、待ってたんだよ。今日は講習会があってね、近くを通ったから帰りに寄ったの」

「絢……せめて連絡しろよ……」

呆れる低い声を聞き、絢はごめんなさいと謝ってから、ぴょこんと効果音が付きそうな仕草で泰幸の腕に飛びついた。

悪びれる様子もない絢を見て、泰幸ががくりと項垂《うなだ》れる。この前あれだけ言ったのに、と呟いて、申し訳なさげにこちらに振り返った。

「清良さんごめん。絢も一緒に……いいかな」

「いいけど」

とは言ったけれど、本当は嫌だ。また先日のようにふたりの濃厚な空気にあてられると思うと逃げ出したいくらいだけれど、泰幸の夕飯は食べたいという葛藤。思わずむすっとして返せば、泰幸が眉を下げていた。

夕飯を作る泰幸の邪魔をしつつ、まったりとレポートでもしようという清良の午後の計画は当然崩れた。

ちゃぶ台の上にレポート用紙と資料を広げたものの、すぐ近くの台所で繰り広げられる会話に気を取られて一向に進まない。

泰幸から自重するよう言われたのか、絢は清良を追い出すようなことは言わなかった。ただ先日と同じように、存在をないものとして扱われている気がするけれど。

清良は真っ白なレポート用紙に顔を伏せ、それとなく台所の様子を窺《うかが》った。

(やっぱり距離が近いな……あのふたり)

菜箸を持つ泰幸の横に寄り添った絢が、うきうきとした調子でしきりに話しかけている。

彼らの身長差は目測でも二十センチ近くあるように見える。恋人同士だと思えば微笑ましい光景だけれど、先日の泰幸の話を聞いてしまった手前、複雑な思いになる。

「泰兄、そういえばねっ」

絢がぱっと明るい声を出す。泰幸は「ん?」と相槌《あいづち》を打ちつつも、視線は自分の手元に向かったままだ。

「あのね、こないだ泰兄の顔見たからか、最近はけっこう指が動くようになってきたんだよ。叔父さんの家でレッスンしてても褒められてばっかりだしね」

「それはいいことだけど、俺の顔なんか見なくても弾けるようにならないとな。おまえももう高二だろ?」

泰幸が横目で絢を見て言う。ボールに入れた卵をほぐす泰幸の手元を覗いていた絢が、ぷぅ、と頬を膨らませた。

「そうだよ、だから子供あつかいしないでね。僕、もう十七歳で大人だし！」

「じゃあ好き嫌いはなくなったんだな。今日の出汁《だし》巻《ま》き卵は椎茸《しいたけ》入りにするか」

からかいを含んだ泰幸の口調が新鮮だ。言われたとたん「ちょっと待ってよぉ」と慌てた声を出す絢がいかにも子供っぽくて、盗み聞きしていた清良は思わずふっと口の端を上げた。

まったりと続いていくふたりの会話を聞いていて、清良はすこし拍子抜けしたのだった。

(なーんだ。なんか、印象変わったな)

絢から感じる泰幸への隠そうともしない好意はあるけれど、並んだ後ろ姿や会話を冷静に観察すると、ふたりは恋人というよりまるで仲のよすぎる兄弟だ。それは毅然《きぜん》として兄のように振る舞う、泰幸の態度がそう見せているのかもしれない。

それから絢は「居候《いそうろう》先の叔父はやさしいのはいいが馴れ馴れしい」などとひとしきり愚痴ったあと、でもピアノの腕はいいから、と笑った。

「この調子でレッスンして、音大受験までにはディートリヒ先生の門下生にしてもらいたいんだ。色々な先生のセミナーに行ったけど、やっぱりディートリヒ先生が一番だったよ」

「あぁ、あのドイツの先生……俺も連れていかれた演奏会で見たことあるよな。ディートリヒ・アル……？」

「ディートリヒ・アルムホルト先生！」

絢はそのピアニストの先生に弟子入りして海外の大学合格を目指すということらしい。弟子入りするには、来年の頭にドイツで行われる、ディートリヒ主催の試験で認められなくてはならないという。

そのためにドイツ語も勉強していて、最近では簡単な会話はできるようになったよ、と泰幸に自慢していた。ドイツ語と聞き、清良の眉がぴくりと上がる。

「マジかよ、絢ちゃん……やるな……」

ふて寝のような体勢から起き上がり、清良は思わず呟いていた。

とたん、「はっ？」と驚いた声を上げた絢が、弾《はじ》かれたみたいにこちらに振り返った。大きな瞳がさらに見開かれ、信じられないという顔で清良を見ている。

「い、いま……、僕のこと絢ちゃんって言った？」

「うん。かわいいから絢ちゃんかなって。いや、そんなことよりドイツ語だよ。あれって複雑すぎるでしょ？」

清良も大学で言語文化を専攻していてドイツ語を学んではいるが、まったく習得できずにいるのだ。名詞に男性、女性、中性と三つの性があったり、形容詞の語尾変化が複雑だったりとなかなか難解で、清良は参考書を見ながら何度もテーブルをひっくり返したくなる衝動に駆られたことがある。

「ねぇねぇ、絢ちゃんは難しくない？　ドイツ語」

清良がそう言って苦笑すれば、絢は腰に手を当て、ふん、と鼻で笑った。

「ドイツ語はルールがきっちりしてるから僕にとっては楽だね。基本さえ覚えちゃえばいいんだから、英語よりも簡単だと思うよ」

「出た！　できるやつは皆言うんだよ、それ〜」

くぅ、と顔を伏せて唸《うな》っていると、得意げな顔になった絢がちゃぶ台の横にとことこと近づいてきた。

「なにが難しいの？」

「全体的にだけど、特に、単語がいちいち長すぎて覚えてらんない。ま、でも俺が一番最初に覚えた単語はブライシュティフトシュピッツァだったけどね」

「なにそれ」

「鉛筆削りのこと。必殺技みたいでかっこいいでしょ」

笑いかければ、絢はちいさく噴き出した。栗色の髪をさらりと散らし、くすくす笑っている。

「清良さんだっけ。あなたって、見た目どおりのおばかさんなの？」

おもしろそうに言って口の端を上げ、目を細めた。見ただけで花の香りが漂いそうな上品な外見とは裏腹に、発言は小生意気だ。台所から様子を見ていた泰幸が咎《とが》める声を上げていたけれど、清良は「大丈夫」と笑い飛ばした。

「清良でいいよ、絢ちゃん。そー、俺おばかさんなんだよね。ドイツ語教えてくれる？」

「嫌だよ、なんで僕が！」

ぷいっと音が付きそうな勢いで顔を背け、絢は泰幸のもとへ駆けていった。途中のわずかな段差に足先をひっかけ、軽く転びそうになって泰幸に怒られていた。

絢の華奢《きゃしゃ》な身体がちょこまか動くのがかわいくて、危なっかしい。清良に対しては棘《とげ》があるけれど、基本はきっと素直で無邪気なのだろう。これは男でも世話を焼きたくなるな、と納得してしまった。

しばらくして、夕飯の仕込みが終わった泰幸も交え、三人でちゃぶ台を囲んでだらだらとした時間を過ごした。清良のレポートは一向に進まなかったが、泰幸を見てうれしそうに話す絢の目を見ていてわかったことがあった。

目の前にいる少年はきっと、泰幸を困らせたいとか追いつめて捕まえたいだとか、そんなことは微塵《みじん》も考えていない。ただ自分の欲望に正直すぎて、感情がコントロールできなくなっている、不器用な少年だ。

人を好きになって、相手も自分を好きだと思っていたら、そうではなかった。どちらも悪くないのに幸せにはなれない。この世界で幾度も繰り返されてきたであろう、ひどくありふれた話だ。

ただ登場人物がふたりともやけに見目麗しい男、というところがすこしだけ変わっているけれど。

視界が白く霞《かす》んで、ふたりの会話が遠ざかる。

清良は美しくも悲しい物語を見ている気分で、ぼんやりとふたりを眺めていた。

(うまくいかないもんだよな。泰幸が、絢ちゃんのことを好きになったら、それだけで幸せな話になるのに)

泰幸は男が恋愛対象だというけれど、絢のことはタイプではないのだろうか。きらきらとした絢の姿を目の前にしていると、こんなにかわいいのに、と思わずにはいられない。

（あ、そういえば、前に会ったとき……）

――やっぱり、泰兄は綺麗な人のほうが好きなんだ。

絢が清良を見ながらそう言っていたのを思い出す。清良を泰幸の恋人だと思いこんだ絢の勘違いからの発言かもしれないけれど、やっぱり、ということは前例があったのだろうか。

（泰幸は、綺麗系がタイプなのかな。……その中には、俺も入ってる……？）

どうして、そんなことを考えてしまったのかはわからない。

物語の外でぼーっとしていたら、ふいに泰幸の瞳がこちらを窺うみたいに動いた。

続いて泰幸の厚めの唇がぱくぱくと動くのをぼんやりと見たままでいれば、不思議そうな表情になった泰幸の顔がぐっとアップになった。

霞んでいた視界が急にリアルになって、清良は驚いてばっとのけ反った。

「わぁっ！」

「清良さん？　そろそろ夕飯にする？　って……」

「あ、あぁ……うん、そうしよ！　うんっ」

「あれ、どうした？　なんか顔が……」

赤いけど――、と額に伸ばされた泰幸の手を、とっさに避けた。わずかに色付いた頬を見られないよう素早く立ち上がり、ずんずんと大股で台所に向かう。

「め、飯っ！　今日はなにかな？　マジ楽しみっ」

「え？　あ、俺やるから座っててくれていいって、清良さん」

「まぁまぁ、たまには手伝うよ！」

清良は笑って言いながら額に手の甲を当て、熱を確かめた。いつも低い体温がぶわりと上がったせいか、頭がくらくらする。

（うわ、なんか、変なこと考えてたときに、いきなり泰幸の顔見たからかな。不覚だ……）

夕飯の準備をしつつ、なおも顔を覗きこもうとする泰幸からさりげなく逃げていたら、絢の大きな瞳がこちらをじっと見ていた。

なにも言わずただ突き刺さる視線が痛くて、清良は食事が終わるまでずっと、ひたすら明るく振る舞うしかなかった。


午前の明るい光が差す大学構内のカフェは、数人の学生で賑わっていた。

清良は四角いテーブルに肘をつき、いつかの彼女が置いていったラベンダー色の手鏡を覗きこんでいた。

いつだったか、キヨの睫毛《まつげ》がほしい、と真剣に女性に切望されたことがある。

女性がやれエクステだ、つけ睫毛だ、ホットビューラーだと努力して手に入れている、くるんとした長いカールの黒い睫毛を清良は生まれたときから持っていた。

全身の肌も、ローションの類を一度もつけたことがないのにすべすべで白くて、手触りは赤ちゃんの肌みたいと女性に好評だった。

顔立ちもスタイルも、街を歩けばなんらかのスカウトマンに声をかけられるレベルで整っている。

清良は、母に似ているのだ。

大きな瞳に、長い睫毛、小ぶりなうすい唇、さらさらした髪質まで。そのすべては母に瓜二つで、違うのはパーツの配置と性別くらいなものだった。

生きるのが楽なのはこの外見のせいだとわかっているから、母に感謝はしている。

けれどやはり似すぎていて、たまに辟易《へきえき》する。清良は、母の顔が嫌いだった。

はぁ、と悩ましげなため息をつけば、向かいの席でスマートフォンを弄《いじ》っていた篤志《あつし》が首を傾げた。冷めたコーヒーカップ越し、先日よりも馴染んでさらにいい具合になった黒髪のパーマがふわりと揺れる。

「キヨくん、さっきからなに女の子みたいなことしてんの～？」

「んー、なんかさ。篤志、俺の顔見てどう思う？」

「えっ、そりゃあ……いや、なにいまさら。聞き飽きたんじゃなかったのぉ」

篤志が大きな黒縁眼鏡を指先で上げ、さっと目を逸《そ》らす。その反応におもしろくなってしまった清良は、身を乗り出すと篤志のひょろりとした腕に触れて顔を覗き、精いっぱいの低い声を出した。

「言えよ。どう思う？」

「え～……、わかったわかった、今日もイケメンだね♡」

「ああ、それな。よく言われるよ」

あはは、と笑って返せば、篤志が目を丸くしてからぷっと噴き出した。

「もー、なんだよぉ！」

この男はひょろりと背が高く、顔も濃い目だがそこそこ男前の部類なのに、表情や口調が柔和だ。性格もひたすらにやさしいので、乙女系男子と呼ばれている。もちろん篤志が言い出したものではなく、周りの女子が勝手に言っているだけだ。

「俺この前さ、綺麗って言われたんだよ」

男に、と脳内で補足する。泰幸からも、絢からも言われた。

「へぇー。でも確かに、キヨくんはかわいいか綺麗かで言ったら綺麗でしょ？」

「でもさ、男が綺麗って言われてうれしいか？　なんか複雑なんだよ」

綺麗、と聞いて浮かぶのは母が一番美しかった十数年前、まだ清良の世界が母とふたりだけだった、あのころの母の姿。

「んん～、俺は綺麗なんて言われたことないからわかんないけどさぁ、普通悪い気はしないんじゃない？」

「そうなのかな。俺はうれしくない。綺麗っていうのは嫌いだな」

ふぅ、と息を落とせば、篤志が物珍しげにこちらを見た。

「あれぇ、どうしたの。最近おかしいよ、キヨくん」

「やっぱりそう思う？　俺もそう思う……なーんかおかしい……」

数日前から、どうにも清良はおかしかった。

表面には出ない程度に、心の中が揺れている気配がずっとある。

さっきも篤志に言ったように、実際「綺麗」と言われた瞬間はまったくうれしくなく、むしろ不快だったはずなのだ。

けれど泰幸の好みが綺麗系の男なのだとしたら、その中に自分も分類されるとしたら、と考えた瞬間から急に、胸の奥がそわそわと落ちつかなくなった。嫌な感覚ではない。どちらかというと――……。

そこまで考えて、思考を止めた。そんなはずはないだろう。

「いや、俺はうれしくない。うれしくないに決まってるよな、篤志」

「えぇ～？　なんなのキヨくん、なんかあったんでしょ？　話してよ、まったくもう！」

なんでもない、と言って、清良は頭をぶんぶんと振った。

夕方まで大学にいて、うす暗くなったころに自宅へと戻る。

（今日も泰幸、いないんだろうなぁ）

泰幸は数日前から本格的にバイトを探すと言って、午後は留守にすることが多くなっていた。

ひとりの時間なんて慣れているはずなのに、残念に感じてしまうのが不思議だ。

夕飯を作る泰幸の背中を見ながらレポートを書いたり、たまに邪魔をしたりしていた。夕飯後には一緒に映画を見たり、本を読んだり、そんなことをするのが楽しかったのだ。

清良は、ホラー映画を部屋の電気を落として観るのが好きだった。最初こそ嫌がっていた泰幸も、徐々に慣れてテレビから離れたところでそっと観ていた。真っ暗な中、恐怖に引きつる泰幸の端整な顔を思い返すと、つい笑ってしまう。

（あ、暗がりといえば……そういえば、これ）

夜道というほど暗くはないが、明かりの少ない狭い路地を歩きながら、ふと思い出した。バッグに忍ばせてあったものを取り出してみる。暗闇で蛍光に光る、黄色の星型キーホルダー。横のボタンを押すとブザーが鳴るタイプだ。

服を買いに行った次の日、泰幸が神妙な顔をして渡してきたのだ。夜道を歩くときにはこれを持っていろと。

星型のキーホルダーは子供っぽく、清良の持つダークブラウンのレザーバッグから垂らすとどこか滑稽だ。コーディネートを台無しにするそれを見ながら、清良はふっと口の端を上げた。

――最近アパートの周りで不審者が目撃されてるらしいし、昨日も変な男たちが清良さんを見てただろ。

だから心配でと言われて、清良は大げさだなと笑ったけれど、泰幸がひとりのときでも自分のことを考えている瞬間があると思うと、なぜか胸の真ん中が熱くなった。

不審者が目撃されているという張り紙を横目に通り過ぎたとき、ほの暗い路地の奥に人影を見た気がした。目を凝らしたときにはもう消えていて、意識しすぎかと清良は首を捻《ひね》った。とはいえ自分には泰幸にもらった防犯グッズがあるし、第一、男だから関係ないだろうと思う。

アパートの階段を上がり、ちらりと泰幸の部屋の小窓を見た。やはり中は暗く、人の気配はない。

自分の部屋に戻り、真っ先にシャワーを浴びた。髪も乾かし、さっぱりしたころにはもう午後七時を過ぎていた。

夕飯は泰幸が前日にきっちり用意して清良の部屋の冷蔵庫に入れておき、すぐに食べられる状態にしてくれている。

泰幸が帰って来る気配もないので、清良はレンジであたためたシチューを食べた。ごろごろと大きな野菜、濃厚なホワイトソースが、身体にじんわりと染みていく。

（あー、うまい。けど……）

ひとりの部屋でする食事は、不思議とすこしだけ味気なく感じる。

足りないのは会話と、おいしそうに料理を食べる清良を見る、泰幸の視線だろうか。

いつも最初はすこし窺うような、不安げな瞳をしている。一口食べた清良が「うまい」と言えばすぐにほっとした顔になり、それからはすこし照れたみたいな、でも満足げな顔で清良を見て笑う。

身体が大きい泰幸はたくさん食べるが、清良も負けじとおかわりをよくした。それも泰幸はうれしいようで、ひそかに顔を綻《ほころ》ばせる。実はそれが見たくて、満腹なのに無理におかわりをした日もあった。

（妙に楽しいし、うまく感じるんだよな。状況によって味が変わるとか、あるもんかな）

清良が女性としてきた食事は、ただ空腹を満たすだけの作業のようだった。篤志たちとの食事は気楽だけれど、くだらない話をして笑ってばかりで、食事に集中することはない。だから清良は誰かと一緒にする食事がひとりのときよりおいしいなんて、知らなかったのだ。

空になった皿を台所で洗い終えるともうやることがなくなって、清良はベッドの上でカチカチという時計の音を聞くだけになった。

本当はレポートをやったり、読みかけの本を読んだり、やろうと思えばできることはあった。けれどなにもする気が起きず、仕方なくベッドに寝転び白い天井を見ながら「無」になる――、なろうとする。

けれど今日はうまくいかず、泰幸はバイト受かったのかなとか、ここにはいない男のことばかりを考えてしまう。

「……んん」

清良はごろんと寝返りを打ち、ピンク色の枕に顔をうずめた。洗い立ての髪から甘い花みたいなシャンプーの香りがする。これは確か、玲奈が置いていったシャンプーだ。腰までの長いロングヘアが脳裏に蘇《よみがえ》った。

おそらく「清良はゲイ」という噂を流している張本人の匂いだと思うと、なんだか落ちつかない。いつもは気にならなかった花の香りがやけに鼻についてしまう。どうしようもなくて、清良は甘い香りのする枕をぼふんと床に投げた。

(いままでは、嫌いだけど耐えられてたのにな)

面倒なので女性に言ったことはないけれど、清良はもともと香水の類が苦手だ。「女」だった母の甘い香りを思い出すからだと、清良は自分でわかっている。

狭いワンルームのアパートの端で、飴色の宝石みたいな瓶を持ち上げる母のか細い腕を、清良はまざまざと思い出せる。

しゅっと香水をひと吹きして、細い身体をくぐらせる。いま思えば、それは出勤前の母の儀式だ。

(たぶん……母じゃなくて、「女」になる、儀式)

母は清良が記憶のないほど幼いころ、父に先立たれシングルマザーになった。

それまでの母は専業主婦をしていたそうで、きっと仕事がうまく見つからなかったのだろう。貯金が底を突いたとき、まだちいさい清良を育てるために、風俗業界に身を置いた。

幼い記憶の中の母はいつも綺麗で、清良は母を自分だけのお姫様だと思っていた。

たまに連れていかれた店の中でも、母は「姫」と呼ばれていたのだ。当時の清良には理解できなかったけれど、源氏名と呼ばれるものだったのだろう。家の中でも清良が母を「姫」と呼ぶと、ひどく悲しい顔をしていたのを覚えている。

けれど清良は口にこそ出さなかったが、いつでも母のことをお姫様だと思っていた。中学生に上がるまでの清良の世界には、自分と母しかいなかったのだ。

母は毎日のように自分を「わたしの大切な清良ちゃん」と言ってくれた。清良は狭い部屋で、ずっとそのまま、ふたりだけの綺麗な世界で暮らしていくのだとばかり思っていた。おかしいと指摘してくれる人間はいなかった。

小学校には一応通っていたけれど、生活に余裕がなくいつも同じ服を着ていた清良は軽いいじめを受けていた。

(もしかしたら、俺がファッションにこだわるのはこのときの記憶のせいなのかな。マジで情けない。いまだったらそんなやつら、鼻で笑ってやるのに)

学校へ行けばいじめられる。だから小学生時代のほとんどを母と狭いアパートで過ごし、清良が出かける場所といえば近所の図書館くらいだった。このときの影響で、いまでも本を読む習慣が残っている。

ふたりきりの世界で、清良は母を守るナイトのような気分でいた。

中学に上がるころ、その母親に、ぽいっと捨てられるとも知らずに——。

(馬鹿すぎる)

遠くに幼い自分の泣き声が聞こえた気がして、清良は両手で髪をくしゃくしゃと混ぜた。

「あぁ、くっそ。なんでだ、変なことばっかり思い出す……っ」

ぶつぶつと言いながら、ベッドの上で転がる。

甘い匂いのせいだろうか。清良は名前も忘れた女が選んだピンクのシーツにもぞもぞと埋もれて自分の匂いを探すけれど、見つからない。

あぁ、自分を包む匂いはすべていつかの女の匂いなんだ。清良はそう気づいて、はぁ、と息を落とす。

母やこんな自分が生きるこの世界を、清良は汚いとは思わないけれど、美しいとも思わない。ただどうしても、諦めに似た厭世観《えんせいかん》は常に清良につきまとう。

自分を「大切」と言ってくれた母に捨てられた。

自分は一生、誰かの大切な存在になれない気がしてしまう。事実、いままでつき合ってきた女性はひとり残らず清良の前から姿を消している。

(だめだ……これ以上、考えたくない)

思い出してしまった嫌な気持ちは心の中の奥、水の底に沈めてしまおう。そうすれば悲しみは消える。

ただそのとき、清良は自分も一緒に沈んでいくのだ。悲しみの代わりに、自分をひとり殺して水に沈める――、そんな行為だった。

清良が瞼を閉じ、しばらくしたころだった。

ドアの外から、ちいさくだけれど音がした。

清良は思わずがばりと身体を起こし、台所の小窓に目をやる。ガラスの向こうに動く人影が見えた瞬間、考えるよりも先に声が出た。

「泰幸っ?」

声に気づいて歩みを止めた影が小窓をひとつ叩いたから、すぐに駆け寄って鍵を開けた。

からからと音を立てて開いた窓の外に希望どおりの顔が見えたとき、清良の水底まで沈んでいた気持ちが、ふわりと浮上したのがわかった。

「泰幸、おかえりっ」

「清良さん、ただいま。聞いてくれよ、今日やっとバイト決まったんだ」

軽やかに言って、泰幸がうすく笑った。

「マジか、おめでとう！」

声のトーンを上げて返せば、泰幸はさらに目を細める。

顔が見れて、うれしい。そんなふうに素直に思った自分に驚く間もなく、清良は泰幸を自分の部屋に招いた。

いつも隣の部屋に行っていたから、清良の部屋に泰幸が入るのは初めてだった。

特に理由があって避けていたわけではないけれど、しいて言えば、いままでつき合ってきた女性の趣味がそこかしこに残るインテリアのせいかもしれない。

「なんか、暖色系が多いな……清良さんってそんなにピンクが好きなイメージないんだけどな」

「えっと……」

「あれ、なんで枕が落ちてるんだ。しかもそれもピンクだし」

案の定、ベッドシーツや枕、床に敷いた淡いピンクの大きなラグを見ながら、眉を寄せた泰幸が色々と言っている。たぶん、女性が選んだものだとわかっているのだろう。珍しくすこし棘《とげ》のある態度の泰幸に思わずしどろもどろになりながら、清良は枕を拾ってベッドに放り投げた。

「ま、まぁいいじゃんか。ソファにでも座ってよ。それ、俺がいつも使ってるほうのクッションだから、そっちどうぞ」

言うなれば女性用ではない、うすいブルーの丸いクッションを指差せば、泰幸は大人しくその横に腰を下ろした。綺麗にコートを畳み、そっとラグの上に置く仕草がやはり真面目だ。

「えっと、泰幸はなんか飲む？」

「いや、おかまいなく。お茶飲んできたから」

「そっか」

清良はどうしようか迷って、泰幸と並んでソファに座ることにした。

ソファの正面にはベッドがあり、向かい合ってそこに座ることもできるけれど、なんとなく人の体温が恋しかった。

「俺はさっきシチュー食べたとこなんだけど、泰幸は飯食った？」

「うん。蕎麦を」

だからか、と納得する。泰幸が部屋に入ってきたとき、ふわりと出汁《だし》のいい香りがした気がしたのだ。

「すぐ近くの蕎麦屋でバイトすることになったから、さっそくそこの蕎麦いただいてきた。前に食ったら本格的な手打ちでうまかったから、そこに決めたってのもあるんだ」

「蕎麦屋！」

そう、と頷く泰幸の凜々しい横顔をまじまじと眺める。健康的な黒髪に整った精悍《せいかん》な顔つき、ぴんと伸びた背筋といい、いかにも和服が似合う男だ。

「ハマってる！　それに絶対うまいじゃん、泰幸が打つ蕎麦！」

「蕎麦打ちもやってみたいけど、俺はホール担当なんだよ。もちろん触らせてもらえないだろうな」

「あ、そっか」

しかし蕎麦打ちに興味はあるらしく、勉強してみたいと泰幸は言った。気になるものはなんでも挑戦してみようと思う、自分に正直な男だ。未来を夢見るきらきらした瞳が眩《まぶ》しかった。

「いいね。いつか食わせてよ、蕎麦」

「もちろん。そのときは清良さんに一番に味見してもらうからな」

いつか、という途方もなく曖昧な約束に、泰幸はためらいもなく強く頷く。

清良は他の誰かとした「いつか」なんていう約束は、きっと果たされることはないだろうと期待せずに生きてきた。けれど誠実な泰幸が言うと、なんだか本当に実現する約束みたいに思えて不思議だ。

そこでまた、先日清良が選んだシャツを着ている泰幸から、ふいにいい匂いがした。

「ねぇ、この匂い、かつお出汁？」

「そう。かつお節にはこだわってるって店長が言ってたよ。ていうか、やっぱり匂いついちゃうんだな」

懐かしいような出汁の香り。香水なんかより、よほど魅力的に思えた。

「……清良さん？」

鼻を掠《かす》めるいい香りに誘われてしまう。真横に座る泰幸の、しっかりとした肩にこてんと頭を乗せる。

「うん……ごめん、ちょっといい？　眠くて……」

くんと鼻を鳴らしてから、清良はそっと瞼を閉じた。

「ちょっ、清良さん……、待って、寝るならベッドで」

「寝ないよ、ちょっとだけだから、肩貸してよ。今日さ、なんか色々あって、疲れた……」

「清良さん……っ」

泰幸が慌てた声を出していたけれど、しばらくしたら静かになった。

違和感も不快感もなにもなく、じわりと肌になじむ泰幸の体温。ひどくあたたかくて、急に睡魔に襲われてしまった。

揮発性の香水と同じで、人の匂いも熱で強く香るのだろうか。硬い肩から外の空気の匂いに混じって、かつおの出汁の匂いと、ほんのわずかな汗の匂いがした。

するとさきほどあれだけ願っても訪れなかった静かな気持ちが、今度は向こうからやってきた。自分の心の一部を殺さずとも、悲しみがどこかに消えていく感覚——。

「ん……」

あまりの心地よさに、清良はそのまま数分寝てしまっていたようだった。

かくん、と首が泰幸の肩から落ちたとき、意識が戻った。ずるりと横にずれた上半身を支えるためか、泰幸の太ももに腕をついている状態だ。

「あ、泰幸……、ごめん、俺寝てた……?」

顔を上げた先、至近距離で目に入った泰幸は反対側へと顔を背け、片手で顔を覆っていた。

(あれ……?)

大きな手のひらの隙間から見える泰幸の頬が、なんだか赤い。

艶のある黒髪がかかった耳も赤くて、清良の手が触れている太ももも、ひどく熱かった。

「泰幸、どうし……」

言いかけた声が止まったのは、泰幸が顔を覆ったまま、瞳だけを動かしてこちらを見たからだった。

ひどく気まずそうで、どこか恨めしい。けれど確かな熱を孕《はら》んだ視線だ。

じりじりと焦がれる眼差しから目が離せなくなってしまって、どうしよう——そう思ったときだった。ローテーブルの上に置いてあった清良のスマートフォンが、着信音を鳴らした。

とたん、泰幸がびくりと肩を揺らし、弾かれたみたいに立ち上がった。すぐに清良に背を向け、「ごめん」と言ってローテーブルの上を指先で示す。

「き……清良さん、電話鳴ってる」

「あ、あぁ……、えっと、うん。泰幸、帰っちゃうの?」

「うん。清良さんはちゃんとベッドで寝ろよ、おやすみ」

泰幸は呟いて、清良の返事を待たず、振り向かないまま逃げるように部屋を出ていった。

いつの間に消えていた着信の相手は玲奈だった。いまさらなにを話すことがあるというのか。

妙な噂のことは一言言ってやりたい気もしたけれど、いまはそれどころではなかった。

かかってきた番号を着信拒否に設定しながら、清良は深い息を吐いた。連絡先も消去してしまえば、玲奈のことなど頭の中からも消えてしまう。

それよりも、ついさっき見た映像が頭の片隅に残って消えない。

(見間違いじゃなければ、泰幸、真っ赤になってた)

泰幸の恋愛対象が男だというのは聞いた。

かわいい系よりも、美人系が好みかもしれないということも。

(あれって、俺が触ったから……？　いや、そんなのって……でも)

思い過ごしかもしれない。けれど泰幸の太ももから伝わる熱も、ひどく熱い眼差しも本物だった。同じ男だからこそわかる、欲の衝動があった。

(……思い上がりかな。泰幸って、もしかして俺のこと――……？)

そこまで考えて、清良はぶるぶると頭を振った。

かすかに残った泰幸の匂いは消え、甘いシャンプーの香りがあたりを包んだ。

いつかの女性の趣味が色濃く残る部屋を見渡しながら、清良は苦笑する。

(ないよ。泰幸みたいなまっとうな人が、俺なんかを)

こんな部屋に住む自分なんかを、泰幸が好きになるはずがない。ふらふらと流されるばかりで、なんの目標も持たず、いい加減な毎日を過ごしている自分なんか。母親に捨てられた、自分なんか。唱え慣れた自己嫌悪ならいくらでも出てきて、キリがなかった。

こんなとき、清らかな良い子に育ちますように、と願いをこめてつけられたであろう自分の名前が虚《むな》しくなる。きっと泰幸や絢みたいな人間にこそ、こんな名前がふさわしい。

清良は瞼を閉じて、「しょうがない」と諦めの言葉を呟く。

今度こそピンク色のシーツに頭から埋もれて、浮かんだ悲しい気持ちも心の奥に埋めた。

数日前に泰幸のアルバイトが決まってから、ふたりで夕食を取れるのは三日に一回程度になった。

いままで時間が合わないときは泰幸が朝のうちに夕食も作っておき、通学前に清良の部屋に届ける、という方法を取っていた。けれど出かける時間が合わなかったり、泰幸の朝が早かったりと不便も多かった。

それで清良は、泰幸の部屋の合鍵を手渡されたのだった。夕飯の時間になったら、泰幸の台所にある食事を勝手に食べていってくれということらしい。

ほぼ毎日顔を合わせている仲とはいえ、まだ出会って一か月足らずの相手だ。当然清良にそれを悪用しようなどという気はないけれど、はい、と軽く手渡されたときには、さすがに防犯に対する危機感がなさすぎると心配になった。しかしそれと同時に、同じくらいうれしかった。自分は、泰幸に信用されているのだ。

清良は大学から帰宅してすぐ、泰幸の部屋の前に立った。鍵穴に合鍵を差しこみ、きちんとノブが動くのを確認する。

「おじゃましまーす……」

一応小声で断ってから、ドアを開けた。きぃ、とお馴染の年季の入った音がして、玄関にオレンジ色の夕陽が差しこむ。

素早く中に身体を滑りこませ、周りを確認してからドアを閉めた。

ついさっき、アパートの前を掃除していた大家がこう言っていたからだ。

「清良くん、最近この辺で不審者が目撃されてるんだって。アンタも気をつけなきゃ駄目よ、美人さんなんだから」

あたたかそうなニットに身を包んだ大家にぱしんと肩を叩かれて、清良は驚いた。不審者のことは聞いていたのでいいとして、「美人さん」のことだ。

「お、おばちゃん、前は俺のこと男前って言ってくれてたじゃん。俺、格下げになったの？」

「違うんだよ、男前ってのは、アンタの隣の部屋の子みたいなことを言うんだって、近所の人が言うもんだからさぁ」

しわしわの頬を染めて言うのはかわいいけれど、やはり泰幸のせいで格下げになったのか、と清良は唇を噛む真似をした。

「泰幸め……いつの間に近所の人の好感度上げたんだ」

「清良くん、美人さんっていうのもいいもんよ。おばちゃんの中じゃ最高の褒め言葉よ」

「俺よりおばちゃんのほうが美人さんだけどね？　ショッキングピンクはやめて黄色にしたんだね」

あらまぁ、とうれしそうな声を上げた大家の、帽子とお揃いのニットの両方が目にチカチカとする派手な黄色になっている。

「そうなのよ、泰幸くんが、ピンクもいいけど黄色もいいですよって言ってくれてねぇ。あたし明け方にいつもここで掃除してるじゃない、まだうす暗いから、車から見て目立つようにって気にかけてくれたのよ」

なるほど、そういうことか。清良は黄色の星形キーホルダーを思い出して、ふふ、と笑った。

「確かに目立つよね、黄色」

「でしょ。泰幸くんってやさしい子よねぇ……」

うっとりと言う大家の瞳は、ここにはいない泰幸を見ているのだろう。

まっすぐに恋する女性はかわいいものなのだなと、清良は柄にもなく素直に思った。

清良が「うん、じゃあね」と挨拶してから階段の手すりに手をかけると、大家は皺《しわ》の目立つ瞼をやさしく細めて言った。

「待って待って清良くん。はっぴぃ、めりぃくりすます、いぶ！」

――そう、今日はクリスマス・イヴ――十二月二十四日だ。

大学では明日から冬休みということもあり、清良はいつも以上に遊びの誘いを受けた。例年ならばクリスマスパーティは必ず顔を出していたからだ。けれど今年はすべて断ってしまった。だって泰幸が昨日、すこし照れながらこんなことを言ったのだ。

——前に言ってたロールキャベツの研究、終わったんだ。明日作ろうと思うんだけど、どうかな。

きっと不器用な泰幸なりの、クリスマスの誘いだ。断れるはずなどなかった。

もしかして絢が乱入してくるのでは、という気がしたけれど、絢はいま年明けの試験のために親戚の叔父とピアノの特訓中らしい。

（……念のため、チェーンもかけとくか）

不審者のことも気になるし、玲奈のこともある。玲奈の電話番号はもちろん、メールアドレスも拒否設定にしていたが、先日見知らぬアドレスから妙なメールが届いたのだ。

『もうすぐクリスマス・イヴですね。これをきっかけに仲直りしよう？　イヴの夜、部屋に遊びに行くからね』

ぞっとしてすぐに削除したものの、遊びに行くから、という文面が気になった。先ほど大家が箒《ほうき》で集めていたアパート前のゴミの中に、玲奈がいつも吸っていたメンソールの煙草の吸い殻があったのも引っかかっている。

玲奈に合鍵は渡していなかったはずだけれど、鍵を渡して留守番を頼んだことがあったので、複製されている可能性もなくはない。念のため、大家に頼んで鍵穴を交換してもらったけれど、やはり気味が悪かった。

鍵とチェーンをかけてから、家主不在の泰幸の部屋の電気をつけた。ぱっと明るくなった部屋はいつもと変わらないけれど、泰幸がいないと妙にがらんとして見える。

「あ、そうだそうだ。ロールキャベツの火……っと」

清良ははたと思いだし、台所へ向かうと大きな鍋が置かれたコンロの火をつけた。泰幸は夕方までバイトがあるから、ロールキャベツの鍋番を清良が引き受けたのだ。

コンロはごくごく弱火にしておいて、ことことと音を立てる鍋が見える位置に腰かけた。清良はちゃぶ台の上にテキストとノートを広げ、大学の後期の試験に向けた勉強を始めた。

(泰幸は、恋人とか作らないのかな。あんなにモテそうなのに……っていうか実際、すでに近所のおばちゃんたちにモテモテなのに)

ノートの上で英単語を組み立てながらも、思考の片隅で別のことを考えてしまう。

いくら泰幸がモテるといっても、クリスマス・イヴに男ふたりで食事だなんて、そんなことをしていたら恋人なんてできるはずもない。世間では恋人同士が一緒に過ごす日として定番になっているのに、泰幸が選んだ相手は清良だったのだ。

(やっぱり泰幸、俺のことが好きなのかな……)

結局何度も堂々巡りして、この考えにたどり着いてしまう。己惚《うぬぼ》れるな、と自分を叱咤《しった》するものの、こう思わずにはいられないのだ。

あれから数日たったけれど、泰幸の態度は特に変わったところはなく、ただ清良がひとりで意識してしまっている気がする。ふとしたとき、視線が絡むたび、もしかして泰幸は――、などと思ってしまうのだ。

（――……不思議だなぁ）

相手は自分と同じ男だ。けれど泰幸だと思うと、まったく気持ち悪くも不快でもない。むしろあの泰幸が――と顔を思い浮かべたりすると、やわらかい黒髪をくしゃくしゃと撫《な》でまわしたくなってしまう。

清良はちゃぶ台の上にこつんと額をつけて、ふぅ、と熱い息を吐いた。

早く顔が見たい。こんな感覚を自分が持っていたなんて、知らなかった。

こちらを見て困ったように笑う泰幸を思い浮かべると、胸の奥、ひたひたと揺れる水面の底から、なにかが湧いてくる感覚が苦しかった。

「ただいま」

日が暮れたころ、ロールキャベツもいい具合に煮込まれたところで、泰幸が帰ってきた。

横に立つとやはり、かつお出汁のいい匂いが泰幸の髪や服からふわりと香ってくる。指摘すれば、あぁ、と泰幸は眉を下げて笑った。

「この匂いのせいか、近所の野良猫に好かれて困る。にゃーにゃー言ってついてくるんだよな」

「マジか、いいなぁ。俺も猫に好かれてみたいー」

清良も泰幸に近づいて猫のようにくんくんと嗅ぎたいところだけれど、先日の夜のことを思い出し、やめておいた。万が一にも泰幸が自分のことを好きだと思ってくれているとしたら、なんの考えもなしにあんなふうに触ってはいけない気がする。

コートを脱いでハンガーにかける泰幸の凛とした背中を、部屋の端から眺める。

泰幸が気づいているのかはわからないけれど、あれから接触を意識するあまり、いつもより泰幸と距離を取ってしまっているかもしれない。

ぼんやり考えていたら、くるりと振り返った泰幸が首を捻っていた。

「……清良さん？　なんでそんなとこ突っ立ってんだ？」

「あ、いや、なんでもない！　あ、ロールキャベツどう？　結構いい具合になってると思うんだけど」

「あぁ、いま見てみる」

鍋番ありがとう、とつけ足しながら、泰幸が横を通り過ぎていく。労《いたわ》りの意味でぽんと軽く肩を叩かれたとき、なぜだか心臓が跳ねてしまった。

当の泰幸は平気な顔をしているように見える。鍋の蓋を開けて中の様子を覗いている、その横顔が悔しいくらいに涼しげで、清良の心音がまた速くなった。

（いや、なんで俺が動揺してんの。落ちつけ、落ちつけ）

心の中を乱されることが苦手だし、慣れていないから不安になる。清良は大きく深呼吸をして、泰幸のいる台所に向かった。

「うわ、うまそ～！　もう食える？」

「いや、もうちょっとだな。一度粗熱をとってから、あたため直して完成」

ロールキャベツはただ長く煮込めばいい、というものではないらしい。弱火である程度じっくりと煮込んだものを一度常温まで冷まし、再び火を入れると煮崩れなく、とろとろのロールキャベツになるそうだ。

鍋の中身が冷めるのを待つ間に、泰幸はさっさと手際よく他の料理を作っていく。

みじん切りにしたトマトとニンニク、バジルを和えたフレッシュトマトソースを、香ばしく焼いたパンの上に乗せたブルスケッタ。茹でた小エビをサラダの上に盛り付け、カクテルソースをかけたエビのカクテルサラダ。野菜スティックを添えたアボカドディップなどが、あっという間にできあがっていった。

最後にメインのロールキャベツがあたたまったところで、ふたりで料理を食卓に運ぶ。清良が今日のために購入した、ノンアルコールのスパークリングワインも持っていく。

「うわ、すげぇ。思った以上にクリスマスカラーだ、泰幸やるな！」

泰幸は照れたように頷いて、皿の配置をしていく。ちいさなちゃぶ台にところ狭しと並ぶのは、赤や緑が鮮やかな料理たち。一番大きな円形の皿には、大きなロールキャベツが綺麗に盛られている。ゆくゆくはフードコーディネーターになりたいと話していた泰幸だから、きっとすべて計算されているのだろう。

ついでに清良の部屋の片隅に置いてあったキャンドルを二本灯したら、想像以上にクリスマスムードが漂う空間が完成してしまった。

そわそわとしながら向かい合って席に着き、スパークリングワインで乾杯する。一応ふたりで軽くグラスを鳴らし、メリクリ、などと呟いて笑い合う。

料理は見た目だけじゃなく、味も抜群によかった。特に泰幸が力を入れたトマトベースのロールキャベツは長く煮込んだキャベツがとろとろで柔らかく、中は溢れる肉汁がジューシーで、舌の上でとろけるおいしさだ。

「ううう、うまぁ……。なにこれ、泰幸、やっぱりおまえ天才！」

清良はきらきらとした瞳で言いながら、そんなふうにしか伝えられない自分の語彙《ごい》の乏しさを恨んだ。うまいだけではなく、もっと上品で繊細な、計算された味わいなのだ。けれどお粗末な清良の感想にも、泰幸はうれしそうに目を細めて笑ってくれる。

他のオードブル風の料理も、クリスマスだからと奮発したのだろうか。近所のスーパーでは見かけない珍しい野菜が使われていたり、味も見た目も新鮮で楽しい。

（だけど泰幸は、いつこの食材買ってきたんだろう。絶対近所のスーパーじゃ売ってないだろ、ズッキーニとか、バジルとかさ）

ただでさえ泰幸はアルバイトを始めたばかりで、覚えることも多く大変な時期だと思う。睡眠時間は足りているのだろうか。もしかしたら、出来合いの食事でさっと済ませたい夜もあるのではないだろうか。

泰幸がいつも楽しそうに料理を用意しているから気にしていなかったけれど、急に、自分との約束が泰幸の負担になっていないか心配になってきてしまった。

（やばい、考えたことなかった。そういえば、泰幸って忙しいんじゃん）

ふたりでとりとめのない話をしながらも、清良は泰幸の涼しげな目もとの下にうっすらとある隈《くま》を見てしまう。じっと見ていたのがバレたのか、泰幸が軽く首を捻った。

「清良さん、どうかした？」

「え、あっ？」

こちらに向けられた視線に、またどきりと胸が鳴った。うまく誤魔化すことができずにいたら、泰幸が男らしい眉を下げる。

あぁ、いまは、困らせたいわけではなかったのに。

「なにか、口に合わないのがあったとかなら正直に言ってほしい。勉強になるしな」

「ち、違うって！　ぜんぶうまいもん」

泰幸の不安げな視線が見ていられず、仕方なく白状する。

「そうじゃなくて……えっと、あのさ、泰幸、大変じゃないかなとか思って。その、バイトも大学もあんのに、俺に夕飯作んの、嫌な日もあるかな、とか、急に考えちゃった。ごめん、なんか」

なるべく重く聞こえないよう、ははっと笑いながら矢継早に言ったのだけれど、向かいにいる真面目な男は眉を寄せていた。

一瞬怒ってるんじゃないかと思ったが、そうではなかったらしい。はぁ、とため息混じりで聞こえてきた泰幸の声は、とびきりやさしかった。

「なんでそんなふうに思うんだよ。俺がいつ、大変とか言ったんだ。もう、清良さんは……」

軽く俯いて、片手で額を押さえている。そのまま視線だけを上げてこちらを見たのが、やけに色っぽく清良の目に映る。

「俺は料理、作るのも食うのも好きなんだ。でも綺麗に並べた料理を、誰かに食べてもらうときが一番幸せなんだと思う。自分以外が——清良さんが食べる料理だと思って作るほうが、作ってる時間も楽しいし……倍楽しいんだよ。だから、忙しくってもいいっていうか……清良さんはなにも気にしないでいいよ」

言いながら顔を上げた泰幸は、見たこともない甘やかな顔で笑っていた。

泰幸が、そんなふうに思いながら料理を作っていたなんて。下手したら口説き文句みたいな言葉が、清良にすとんと刺さってしまう。嘘が言えない泰幸の言葉だから、よけいに素直に胸に落ちるのだろうか。

「そ……それなら、よかった。俺も泰幸の料理食べてるとき、幸せだなとか思うかも。うん。ウィンウィンな関係ってやつだよね」

冗談ぽく言ったものの、泰幸がうれしそうな顔をしたからそれは真実になってしまう。実際、本当だからかまわないのだけれど。

顔が赤くなっていないか心配で、清良は手元の皿に視線を落とし、フォークとナイフでふたつめのロールキャベツを切りながら口を開いた。

「ロールキャベツ、マジでうまいねっ。おかわりある？」

「まだまだある。俺もあと三個はいける」

「マジか！」

清良はやった、と言いながら、ロールキャベツを頬張る。そのときふと、頭に浮かんでしまったことがあった。

「あ、そういえば……ロールキャベツと言えばさっ」

胸の鼓動が速まったままで、落ちつかないせいだろうか。余計なことがぺらぺらと口から出てきて、止まらなかった。

「ロールキャベツ系男子、って知ってる？」

「なんだそれ、知らない。草食系男子とかいうやつの仲間か？」

泰幸が同じようにロールキャベツにナイフを入れながら、軽く眉を顰《ひそ》めた。泰幸は清良と同じく現役大学生だが、まったく流行言葉に興味がないようだった。それが清良には新鮮で、つい楽しくなってしまう。

「そんな感じ。俺なんか、よく言われるんだよね。ロールキャベツ系男子ってさ」

「清良さんが？」

「そう。外見は一見すると草食系だけど、中身が肉食系って男のことを言うらしい。だから俺はまさにロールキャベツ系らしいよ」

「清良さんが、ロールキャベツか……うーん……」

似てないから納得できない、などと言いながら、泰幸がフォークの先でキャベツを捲《めく》った。

──きっとたまたま、そういうタイミングだったのだ。

それをまた偶然、目の端に見てしまった清良はつい、ぽつりと言ってしまった。

「あ、泰幸のえっち。俺の服、脱がした」

「……へ？」

「キャベツが服なんだよ。だから、ほら……、ぺろーん、みたいな……」

清良はぼそりと呟きながら、ロールキャベツをフォークで突き刺した。すると柔らかく煮えたキャベツだけがほろりと剝《は》がれて、中身が顔を出す。

料理をセクシーだというのもおかしな話だけれど、なぜか色っぽいと思った。

とろりとしたソースと肉が絡んできらきら輝くのが、ひどくいやらしい映像に見えて――くくっ、と清良は笑って顔を上げた。

瞬間、ぽかんと口を開けている泰幸と目が合う。

それから「あ……」という泰幸の低い声が聞こえたと同時――目の前に見える泰幸の顔が、ぼふんと音がつきそうなほど赤くなった。

驚いた。視界いっぱいに泰幸の火照った顔が映っていて、目が離せなくなった。この一瞬を残しておきたくて、慌てて、心のなかのシャッターを切る。

ごくり、と泰幸の喉が上下して、シャープな頰に一筋、透明な汗が伝っていった。

その一滴が唇の下のホクロを通り、泰幸の首もとに落ちて消えたとき、赤い顔のままの泰幸がガタンと音を立てて立ち上がった。

「ご……、ごめん。清良さん、本当にごめん」

泰幸は両手で顔を押さえ、低い声を出している。

清良も立ち上がろうとしたけれど、泰幸は避けるように一歩離れて、すぐにこちらに背を向けた。

「駄目だ……、我慢できない……」

絞り出された泰幸の声がひどく熱っぽいのを聞いて、胸がどきんと跳ねた。

切羽詰まった様子の泰幸を見て、確信する。清良は自分ばかりが意識しているんじゃないかと思っていたけれど、やはりそんなことはなかったのだ。

「泰幸……」

「やっぱり俺、駄目だ。気持ち悪いよな。ごめん、清良さん。ごめん……っ！」

声を荒らげて言いながら、動けないでいる清良を一瞬見下ろしたと思うと、泰幸は壁にかけてあるコートとバッグを摑んだ。

この流れはよく知っている。別れのときのテンプレートに似ている。泰幸が部屋を出ていく気だとわかったとき、清良の唇がちいさく戦慄《わなな》いた。

(行かないで、って言いたいのに……)

うまく声が出ない。流れに抗《あらが》いたいのに、勇気が出ない。

伸ばした指先を振り払われるのが、こわいのだ。昔、母にそうされたみたいに。

素早く玄関に向かった泰幸はぴたりと立ち止まり、そっと肩越しに清良を見た。

最後にもう一度「ごめん」と言い残し、泰幸はドアを開け、驚くほどのスピードで部屋を出

ていった。

幸せな香りで満たされていた部屋が、泰幸がいなくなって、急にがらんとした。

「泰幸、やっぱ俺のこと……」

ぽつりとひとりごちてみる。己惚れではない、と思う。

突然のことで頭の中は呆然としたままだけれど、清良は泰幸が消えた——いや、逃げた理由もわかっていた。

（あいつ……、勃《た》ってたもんな、たぶん……）

追いかけようかとも思ったけれど、清良の予想があっていれば、きっと泰幸は全力で振り払って逃げるだろう。

清良は畳マットの上にごろんと寝転がり、あおむけになって天井へ腕を伸ばした。

手を伸ばせば触れられるくらいの距離で泰幸が、おそらく自分の言葉で興奮して、顔を赤くしていた。あの一見淡泊そうな、真面目な男がだ。

（俺が、自分はロールキャベツ系男子だって言って、キャベツを服に見立てて脱がしたから、……ってことだよな。泰幸は、想像したのかな。俺の、裸とかなんかを）

泰幸が、自分のことを想像して——。そう思うと気恥ずかしくて、清良の頬もぶわりと熱を帯びてしまう。

気持ち悪いよな、と泰幸が苦しそうに言っていた。

（全然そんなことない。不思議だけど）

気持ち悪いどころか、胸の奥がくすぐったくて、なんだかうれしい。

(そわそわする。いても立ってもいられない感じがする)

この気持ちはいったいなんなのだろう。

もしかして俺も泰幸のことが――、と思うものの、清良には経験がないのでわからないのだ。

ポケットからスマートフォンを取り出し、泰幸にメールを作成する。

『変なこと言ってごめんな。早く帰ってきて。気持ち悪いなんて思ってないよ』

送信しようとして、ふと指先を止めた。

『むしろ、なんかうれしい……なんてね』

そう最後につけ足し、送信をタップして、清良はばたんと両腕を下ろした。なんてね、とつけないと、自分の言葉が恥ずかしくて死んでしまうと思ったのだ。

素直な清良のいまの気持ち。送ってしまったからには、もうどうにでもなれ、という気分だ。

自分が泰幸のことを好きなのか、清良は確かな確証は持てていない。

けれど泰幸の熱っぽい視線や、赤くなった頬、流れる汗なんかを思い出すと、そこに手を伸ばして触れたくなる。すぐに、顔が見たくなる。

友情ではなく人を好きになるということは、こういうことなのだろうか。

身体がむずむずして、清良は畳の上でごろごろと転がった。清良の散らばった細い髪から、甘い花のシャンプーの香りがする。

このまま転がり続けて泰幸の部屋の匂いが全身について、女の匂いなど消えてしまえばいいと、本気で願った。

ふと気づいたら、畳んだ座布団を枕にして寝ていたらしい。

ちゃぶ台の横の窓から明るい光が部屋に差しこみ、清良の鼻先を泰幸の部屋の匂いが掠める。瞼の裏が真っ白なことに気づき、清良は驚いて目を開いた。

「あ……れ、泰幸……？　まだ帰ってない……？」

すぐに覚醒し、部屋の中を見渡す。泰幸の姿はなく、帰ってきた様子もなかった。時計を見れば、針は午後二時を指していた。昨晩眠れずに朝方まで起きていたせいで、こんな時間まで寝てしまった。

洗面所でうがいをして、顔を洗ってからちゃぶ台の前に座った。昨晩、できそうなところは片付けておいてよかったと思った。カーテンを引き忘れて寝てしまったため、ちゃぶ台の上にさんさんと真昼の太陽の光が被っている。

昨晩ほとんど食べ終わっていたパンとサラダ類は清良が平らげ、残っていたロールキャベツは冷蔵庫に入れた。そのとき、冷蔵庫の端、大きな苺《いちご》のパックで隠すようにして入っていた箱を見つけて、清良は絶句した。

——苺のショートケーキが入っていたのだ。冷蔵庫にある材料を見てわかったけれど、おそらく泰幸の手作りのクリスマスケーキだ。

あのときの衝撃を再び思い出し、清良はぎりぎりと唇を噛んだ。

（くっそ、泰幸。俺も悪乗りしちゃったかもしんないけどさ、あんなケーキ残してどっか行っちゃうとか……。しかもまだ帰ってこないって、どこ行ってんだよ）

泰幸の外での交友関係はまったく知らない。黙っていても人が寄って来るタイプに見えるし、友達がいないということはなさそうだけれど、電話やメールをしているところを見ないことから特別親しい友人がいるとは思えなかった。

（まさか、絢ちゃんのとこ？　いや、絢ちゃんは親戚の叔父さんちだって言ってたしな。泰幸があんな遅くに他人の家に突撃するとは思えない。実家は……折り合い悪いって言ってたな……）

いくら考えても答えは出ない。電話もしてみたが、スマートフォンの電源を落としているようで繋がらなかった。

清良のスマートフォンのメールフォルダには、玲奈と思われる見知らぬアドレスからメールが数十件入っていた。ずらりと並んだタイトルの『クリスマスなのに』という文面を見ただけで、とても開く気が起きなかった。第一いまは泰幸のことが気になって、それどころではない。

（もう、泰幸……早く、帰ってこいって）

思い当たる場所に片っ端から探しに行こうかとも思ったけれど、その間に泰幸が帰ってきたらと思うと動けない。部屋にあるカレンダーによると、大学は昨日から冬休みになっているし、今日はアルバイトも入っていないようだ。

清良はうたた寝を繰り返しながら、泰幸の部屋の中で時間が過ぎるのを待っていた。結局、日が落ちて、外が暗くなってもまだ泰幸は戻ってこなかった。

「もう七時だ……」

おかしい。遅すぎる。

清良は立ち上がり、狭い部屋の中を意味もなくぐるぐると回った。

バッグは持っていったから、金はあるはずだ。泰幸がタクシーを自分のために使うとは思えないから、移動手段は確実に電車だろう。

「駅……、行ってみようかな。降り口いっこだけだし、すれ違いにはならないだろ」

外は寒いし、いつもならば絶対に出たくないはずなのだけれど。焦《じ》れすぎて、もうじっとしていられなくなった。

清良は合鍵でドアを閉め外に出て、自分の部屋でシャワーを浴びて汗を流し、素早く身支度を整えた。

冬の午後八時過ぎ、外に出れば思った以上に空が暗かった。

昼間雲ひとつない晴天だったぶん、空気が澄んで、闇が鮮やかな夜だ。

清良はちいさめのショルダーバッグに、泰幸から渡された黄色の星型キーホルダーを目印に下げ、駅までの道を急いだ。

見慣れた街並みに人影が少ない。クリスマスだからか、としばらく歩いて気づいた。

(今日が本番なはずなのに、なんで前日のイヴのほうが盛り上がるんだろう)

顔に触れる冷たい風にぶるりと肩を震わせながら、どうでもいいことを考えて、そわそわする胸を誤魔化す。

そうして暗い夜道を進んでいたら、前から同じように道を急ぐ足音が聞こえてきた。

重い靴の感じからして、男だ。泰幸かと淡い期待を抱いた清良は、次の瞬間目に入った姿に思わず苦笑した。

べったりと並んで歩く男女だった。お熱いですねと内心で冷やかしながら足を速める。

距離が近づいたとき——女性のほうが軽く首を傾げた。黒い二つの影が真横でぴたりと立ち止まる。

「……キヨ？」

聞き覚えのある懐かしい声。——玲奈だ。

「キヨでしょ？　ちょうどよかった、いまキヨんち行くとこだったの。もしかして、迎えに来てくれた？」

やけに機嫌のいい様子の、高く甘ったるい声だ。腰まである長い髪が、視界の端でさらりと揺れる。いまはその匂いを嗅ぎたくない。

なにかおかしなことを言っているけれど、面倒なことになるのも嫌だった。清良が無視して通り過ぎようとしたとき、知らない男の声がした。

「おい、待てよ。おまえに用があんだよ」

男が笑い混じりの低い声で言いながら、目の前にくる。うす暗い路地にあるライトでぼんやりと浮かび上がった男は背が高く、がっしりとした身体をしていた。

「待てって、逃げんなよ」
関わり合いになりたくなくて避けたのに、腕を摑まれた。振り払って逃げようとしたところを立ち塞がれ、男に肩を摑まれて道の端に引きずりこまれてしまう。
「触んな、誰だよおまえ！」
清良は言いながら脚を振り上げて急所を狙うものの、屈強な身体で押さえつけられ、まった
く歯が立たなかった。泰幸にもらった防犯ブザーに手をのばそうとしても届かない。悔しさに
唇を噛んでいると、近くで玲奈が楽しげに笑う声がした。
「キヨ、なんで逃げるの？　遊びに行くってメール、何度もしたのに～」
背中に硬い電柱がぶつかったとき、男に強く顎を摑まれ、無理に顔を上げさせられた。嚙み
しめられていた清良の唇がほどけて、開いた隙間から白い吐息が漏れる。
「……はっ、なにすんだよ、痛いっ……！」
「うーん、なにして遊ぼっか。玲奈に聞いてみ。なぁ玲奈？」
妙にうれしそうに口の端を上げた男が、横にいる玲奈に向かって問いかける。電柱の横の暗
闇にとけるように佇む玲奈が、長い髪を揺らしてくすくすと笑った。
「ねぇキヨ、なんで電話もメールも無視したの？　昨日の昼も部屋に行ったのに、鍵変えてて
入れなかったんだよ。できたら今日じゃなくて、イヴに仲直りしたかったのに」
「いや、もう俺たち終わったじゃん。話すことなんてなにも……っ」
言葉の途中で男に肩を押され、硬い電柱に背を押し付けられる。後頭部を打ち、痛みに顔が

歪《ゆが》んだ。

玲奈は男に微笑みかけ、手をひらひらと振る。

「もー、あんまり手荒にはしないで。あんたがおいしい思いできるかはキヨ次第なんだからね」

肩を摑んでくる男が、気味の悪い笑みを浮かべてこちらに向き直る。思わず眉を顰めれば、玲奈が肩をすくめた。

「キヨ、まだ状況わかってないの？　あんた、あたしの言うとおりにしないと大変なことになっちゃうかもしれないのに」

「な、なに言ってんの？　玲奈ちゃん、勘弁してよ。俺に未練があんの？　いやいや、玲奈ちゃんなら俺なんかよりイイ男見つけられるでしょ……っ」

なんとかいつもの笑顔で誤魔化して、この場を切り抜けられないか。苦し紛れに話しかけてみたけれど、無駄だとすぐにわかった。玲奈が細い指先で指示して、男の硬い膝が清良の開いた脚の間にぐっと押し付けられたからだ。

「い……っ！」

「キヨ……っ、あたしがあれだけ尽くしたのに、どうして返してくれなかったのよ……！　挙げ句に別れたとたん隣の部屋の男といちゃいちゃし始めて、あたしに対する当てつけのつもりだったんでしょ！　おまえなんて男にも負けるって！」

「それは違う、玲奈ちゃん、俺はべつに……っ」

「もういい、言い訳は聞きたくないから。……黙らせて」

玲奈が目配せすると、男が片手を振り上げる。大きな手のひらでぱしんと頬を叩かれて、一瞬頭が真っ白になった。

痛いというより、頬が熱い。いままで女性から喰らってきた平手打ちは、手加減をしてもらっていたのだろうか。そう思ってしまうくらい、桁違いの痛みが顔に走る。

「いってぇ……、なにこれ……？」

なぜ突然こんな暴力を受けているのか、もはや理不尽すぎて笑いがこみ上げてくる。肩を揺らせば、股座《またぐら》に触れる膝にぐっと力をこめられた。

「う、ぁ……っ、……っ！」

痛い。感じたことのない痛みに驚き、喉の奥からは小鳥みたいなか細い声しか出なかった。

「キヨ、言い訳はいいから……あたしとヨリを戻すつもりはないの？　いまならまだ許してあげるよ？　あたしに内緒で鍵交換したことも、水に流してあげる」

男の影に押しつぶされそうになる清良の耳元に近づいて、玲奈がやさしく囁く。

ヨリを戻すなんて、まったく考えられない。そんなことはどうでもいい。

泰幸が帰ってくるかもしれないから、一刻も早く駅に向かいたいのに。その一心で男の身体を振り払おうと身を捩ると、股間に当てられた膝がぐり、と動いた。

「……っひ、やめ……っ」

痛みと、急所を捕らえられている恐怖に身が竦《すく》み、声が上擦《うわず》る。荒い息の男が顔を覗きこんでくるのも不気味で、清良はぎゅっと瞼を閉じた。

「キヨ、答えてよ！　なにも言えないの⁉」

女の声が頭に響く。玲奈の――いや、いままでの清良のいい加減な女性関係への報いだろうか。身体に感じる痛みと、甲高い声が瞼の裏を暗く塗り潰していく。

「なんで大人しくしてるのよ。ちょっとまさか、感じてるんじゃないよね。キヨに女が近づかなくなればいいと思ってゲイって噂流したけど……本気？」

思わず笑ってしまいそうになる。自分自身で流した噂ではないか。

「キヨ……もしかして本気で隣の部屋の男とつき合ってるの？」

黙ったままでいると、勘違いしたらしい男の膝がいやらしく動きだす。

つき合ってはいない。そう言いたかったけれど、声にしようとすると、頭の中に泰幸の顔が浮かんできてしまう。喉がきゅう、と締まって、声が出なくなる。

唇を閉じてただ首を振れば、至近距離で見ていた男がふっと笑ったのが、顔にかかる吐息でわかった。

「玲奈、こいつガチだって。こんなことしても抵抗しねーし、もうヤッちゃっていいだろ？　そのご褒美のためにここまで来たんだからさぁ……？」

耳元に注ぎこまれた低い声に、ぞくぞくと背筋に悪寒が走った。男に叩かれた頬だけが熱くて、身体と頭は急激に冷えていく。

「キヨ……あたしとヨリ戻すより、この男にヤられるほうがマシだっていうの？　そうなの？」

――最低。

　玲奈が低い声で言った。恨みが籠《こも》った、毒々しい声色。

　確かに恨まれても、仕方がないのかもしれない。なぜだろう、ほんの数週間前にはわからなかった玲奈の気持ちが、すこしだけわかる気がした。

　もし、玲奈の清良への気持ちが本物だったとしたら。好きという気持ちが受け入れられないというのはきっと、想像を絶する辛さだ。

　絢は大好きなピアノが弾けなくなり、スランプに陥った。

　玲奈はそれが、清良への憎しみに変わってしまったのだろう。

「ごめん」

　玲奈だけではなくいままでの女性すべてに、そう呟いた。俯いてすっかり黙ってしまった清良を見て、男は満足げに笑みを深めた。

「このままホテル行っていいよな、キヨ？」

　耳元でねっとりと囁かれ、吐き気がした。煙草《たばこ》の匂いのする熱い吐息も、身体から香る男の匂いも、すべてが気持ち悪い。こんな男とホテルだなんて、死んでもご免だ。清良は軽く頭を振り、ぽつりと言った。

「……気色悪。馴れ馴れしく名前呼ぶなよ」

　きっとまた叩かれる――、清良はそう思って、強く瞼を閉じた。けれど予想していた衝撃は頬に落ちず、代わりに身体がふわり、浮く感覚。

「まぁいいや。とりあえず連れこんで、既成事実作っちまえばこっちのもんだろ。おい、玲奈も手伝ってくれ」

「え……？　うわっ、わ！」

目を開けば、視界がやけに高かった。太い腕に腰を掴まれ持ち上げられたと思うと、背後から回ってきた細い指で口にタオルを押し当てられた。

「玲奈……っ？　ん……っんぅ、ん――っ！」

やめろと言っても聞き入れず、玲奈は器用に清良の口を塞いだタオルを後頭部で固く縛った。

清良を見上げる玲奈は、細い眉を吊り上げて悦に入っているようだ。

男はこのままホテルへ行くつもりなのだろう。清良はばたばたと身体を暴れさせたけれど、筋肉が浮いた男の腕はびくともしなかった。声を張り上げても、口を塞ぐタオルのせいで曇った響きにしかならない。

肩にかけた清良のバッグがぶらんと垂れ、泰幸がくれた黄色の星のキーホルダーもゆらゆらと揺られている。泰幸は、いまどこにいるのだろう。こんなときなのに――顔が見たくて、胸の奥が疼《うず》いた。

「……大人しくしてればすぐ気持ちよくしてやるよ。玲奈に見せつけてやろうぜ」

男の声がいやらしく響く。同じ同性の低い声だけれど、泰幸とはまったく違う。

（嫌だ……）

一度本音が零《こぼ》れると、胸の奥で気持ちが弾けた。

嫌だ。気持ちが悪い。触られたくない。

どんどん溢れて、止まらなくなる。

（泰幸……っ！）

会いたい、顔が見たい。助けてほしい。

いつもならば言えない、慣れない願いが頭をよぎって、苦しさに清良は瞼を閉じた。

腫れた頬に涙なのか、汗なのかわからない冷たいものが伝って――、そのとき聞こえてきた声に、清良の身体がびくんと震えた。

「清良さん……――？」

唖然とした、聞きなれた声。清良が瞼を開ければ、ちょうど前から歩いてきていた泰幸が横を通り過ぎるところだった。

視線がかち合って、瞬《まばた》きした瞬間。

泰幸の男らしい眉が驚いた形になって、それからぎゅっと顰められた。

「清良さん！」

自分を呼ぶ声が確信に変わり、泰幸が駆け寄って来る。

怒りで顔を赤くした泰幸が目の前に来たと思うと、ひゅっとその姿が消えた。

ガツッ、と乾いた音が閑静な住宅街に響いて、一瞬の間をおいてから、男の野太い叫び声がした。

清良の身体にも重い振動が伝わった。泰幸が男の股間を蹴り上げたのだ。男は清良を抱きかかえ両腕が塞がっていたから、下半身は隙だらけだったのだろう。

間抜けな呻《うめ》き声《ごえ》を出した男が急に腕を離したせいで、清良の身体は支えを失い前に転がされた。どすんと落ちた先は、あたたかい誰かの胸の上だった。

はっと顔を上げれば、まっすぐに前を睨む泰幸がいた。

目線の先は、長い髪を揺らして立ちすくむ玲奈だ。視線が自分に集まっていることに気づき、玲奈ははっとちいさめの瞳を開いた。

「や、やだ……、逃げなきゃ……っ」

ぶつぶつと言っているが、脚が竦んで動けないようだった。それを確認すると、泰幸は横抱きにしていた清良をそっと降ろした。すぐにやさしくタオルの束縛を外され、冷たい空気が一気に肺に流れこむ。驚きからか恐怖からか、うまく声が出せなくて、清良はただぱくぱくと唇を動かした。

「……っ、あ……」

「清良さん、大丈夫だから。ちょっと待ってて」

ざり、とアスファルトを踏みしめる音を立てて、泰幸が玲奈の前に立ちはだかる。

「最近、アパートの周りをうろうろしてたの、あなたですよね」

「な、なによ……！　あ、あたしはべつになにもしてない、あの男が勝手にキヨを襲っただけで――！」

電柱の下でいまだ股間を押さえて蹲《うずくま》っている男が、そんな、と呻いた。空手経験者の泰幸の蹴りは、大きな身体の男が起き上がれなくなるほどに相当なダメージだったようだ。

泰幸が片腕を上げ、街灯のあたりを指差す。

「あそこに防犯カメラが付いてるの、知らなかったんですか。最近不審者が多いからって設置されたんですよ。ちゃんと回覧板の地域のお知らせ読んでないでしょ」

「えっ？　し、知らないわよ、あたしこの辺に住んでないし！」

「そうですか。二週間前くらいからでしたかね、このあたり一帯に何か所か設置されましたよ。もちろん、アパートの前にもです」

玲奈は泰幸の冷静な声を聞き、「やば……」と呟いた。玲奈がこの数週間の間、アパートの周りをうろついていたというのは本当だったらしい。何度か見た髪の長い女の影は、気のせいではなかったのか。

「立派なストーカー行為ですよ。通報されたくなかったら、清良さんにもう近づかないと誓ってください」

泰幸は言い切ってすぐにスマートフォンを取り出し電源をオンにした。冷静に素早く画面を操作し、どこかに電話をかけた。会話内容からして、警察に通話しているようだ。

「え、やだ、ちょっと、まさか通報してるの⁉　ち、誓う、誓うからぁ！」

泰幸は通話を切ったスマートフォンをポケットに仕舞うと、玲奈を見下ろしながら低い声で言った。

「……二度と清良さんに近づかないと誓え。ちゃんと言えよ」

至近距離で耳に入って、背筋にぞくりときた。声の温度は低いけれど、熱い。

ぐっと清良の肩を引き寄せながら、泰幸はまっすぐな瞳を玲奈に向けた。玲奈は顔をくしゃりと歪めて、震える声でちいさく呟いた。

二度と近づかないことを、誓います――。

がくりと垂れたちいさな頭と長い髪が、どこか幼かった。

欲しいオモチャが手に入らずに駄々をこね、手に入らないならいっそ、とオモチャを破壊しようとした子供みたいだ。初めてきちんと叱られて、びっくりしてちいさくなっている。

なんだかしっくりきてしまった。玲奈の清良への気持ちは本気の恋などではなく、お気に入りのオモチャへの執着だったのかもしれない。

その後、泰幸は蹲ったままの男にも同じように「二度と清良さんに近づかないと誓え」と迫った。

「わかったよ、誓う！　もう絶対に近づかねぇよ、だから救急車ー！」

半ばやけくそで男が叫んだころには、遠巻きに人が集まり始めていた。清良がちょっとまずいんじゃないか、とひやりとしたとき、泰幸は振り返って「大丈夫」と囁いた。

それからの泰幸の行動はみごとだった。閑静な住宅街の一角での騒動。声を聞きつけ集まってきた住人には、簡単に状況を説明して頭を下げていた。清良にはフードを被《かぶ》せ、顔を見せないようにしてくれた。

先ほどの電話はフリで、実際は通話していなかったらしい。警察には突き出さない、という交換条件で玲奈と男に清良に今後一切近づかないことを約束させた。念のためと玲奈と男の実家住所や電話番号を書かせ、泰幸は冷静にそれが実際に使用されているものなのかまで確かめていた。

最後に玲奈の携帯電話に残った清良に関わるものすべてを消去させて、やっと終わった。

男はまだその場から動けないようだったけれど、玲奈が泰幸に言われて救急車を呼んでいたので大丈夫だろう。

同じ男としてすこしだけ気になって、泰幸に聞いてみたところ「潰してはいない」とのことだった。

さらに防犯カメラの設置の話が出まかせだったと聞き、清良は思わず絶句した。よくあの状況で、そんなふうに頭が回るものだ。

怒濤《どとう》の展開に立ち尽くしていた清良に、泰幸はやさしい手を差し伸べてくれた。そのまま腕を引かれてアパートまでの道のりを、歩いて帰る。

(真っ暗だ)

あたりはいつの間にか本格的な闇に包まれていて、街灯も少ない道は暗かった。

ふたり無言のままてくてくと歩いていると、どこか、別の世界に迷いこんでしまったような感覚に陥る。

泰幸とふたりだけの世界――。

それはもしかしたら、とても美しい世界なんじゃないかと思えてしまう。

(あー、また……)

またこんなことを考えている。母とふたりだけだった、幼いころと変わらない。

思わず清良が苦笑すれば、横をぴったりと歩く泰幸がこちらを見た。

「清良さん」

「ん……？」

「清良さんがその、星のキーホルダーつけてくれててよかったよ。それがぶらぶらして見えたから、清良さんだって気づいた。見えなかったら知らずに通り過ぎてたかもしれない、暗かったし……」

「あ」

気づかれずにいたら、いまごろ――……想像するだけで、ぞわりと背筋が凍った。

「泰幸、ほんとありがと。俺、自分があんなに非力だったとは知らなかった」

「体格差があるんだから仕方ないと思う。でも清良さんは……きっと自分で思ってる以上に細いっていうか、儚《はかな》いというか……」

予想外の言葉に、思わず噴き出してしまう。自分とはまったく結びつかない、綺麗な言葉だ。

ふふ、と笑っていたら、泰幸の足がアパートとは別の道に向いた。

「……泰幸？」

「ちょっと休憩していこう。寒いけど、いい？」

言いながらも泰幸の足は止まらない。こくりと頷けば、泰幸は安心した顔で笑った。

アパートの近くにある、大きめの森林公園。

昼間は子供たちで賑わっている空間が、夜はまったく別の場所に見えた。

入り口付近のベンチは淡い光に灯され、そこだけがぼんやりと浮かび上がっている。あたたかい缶コーヒーを買ってからベンチに並んで腰掛け、目の前に開けた夜空を見上げながらぽつぽつと話す。

「泰幸、空見てよ。星、意外とよく見えるんだな」

「ああ。冬って空気が澄んでるから」

「そっかー。冬はあんま外でないから知らなかったなぁ……東京もこんなに星が見えるんだ」

清良は言いながら、なんてありふれた、ベタなセリフだと笑ってしまった。

まるで、クリスマスの夜を楽しむ幸せな恋人同士のような会話だ。

くすくすと笑って肩を揺らしていると、泰幸が苦笑した。

「なにがおかしいんだよ、清良さん。あんなことがあったのにさ」

「あー、もう忘れてた。泰幸が助けてくれたから、なにも被害はなかったじゃん。解決解決。ほんと、ありがとな……」

語尾が震えたのは、泰幸の真剣な眼差しがこちらを見ていたからだった。

言葉を止めれば、泰幸の手のひらがゆっくりと頬に伸ばされる。

「ここ、叩かれたんだろ？　赤く腫れてる」

泰幸の指先が頬に触れた瞬間、びくんと身体が揺れてしまった。すぐに手を引いた泰幸が瞳を揺らして、俯きながら呟く。

「そうだった。ごめん、つい」

「……ち、違うって……驚いただけで」

「清良さん、俺さ、昨日、あのあとものすごい反省して……」

「あ！」

　泰幸の言葉を聞いて、思い出した。

「そうだよ、おまえ、どこ行ってたんだよ。いや、もちろん俺も変なこと言って煽《あお》って悪かったけどさ、全然帰ってこないから心配したじゃん！　冷蔵庫のケーキも見たんだからな！」

「あぁ……ごめん。清良さん……」

　じっとこちらを見たあと、泰幸は手に視線を落とし、コーヒー缶を転がしながら言う。

「……実はあのあとさ、俺、ゲイの人たちが集まる店とか、回ってみたんだ」

「えぇっ」

　泰幸が、そんな場所に。結びつかなくて、思わず開いた口が塞がらなくなる。

「自分が本当にゲイなのか確かめたかったんだ。あと、俺は清良さん以外の人にも、……欲情するんだろうかと思って。でも、駄目だった。その店で一番綺麗って言われる男の人と話して、ホテルに行ってみたりしたけど……全然駄目だったんだ。結局なにもしないで夜が明けて、今日もほかの店に行ってみたけど駄目でさ」

　泰幸が言葉を絞り出すように続ける。

「俺、清良さんじゃないと……」

なにかすごいことを言われた気がするのは、気のせいだろうか。

それに泰幸が他の男とホテルに入ったというのも、胸に引っ掛かる。

清良がぽかんとしていると、俯いたまま横目でこちらを見た泰幸が、軽く頭を振った。

「ああ、もう、ごめん。気持ち悪いよな、ほんと」

「そんなことないって、俺、気持ち悪いとかまったく思ってない……っ」

清良は言ってから、ふと気づく。泰幸は、もしかして。

「まさかおまえ、メール見てない？　俺が昨日送ったやつ……」

「メール……？　あ、見てない。ごめん、昨日あれから、すぐ電源落としちゃって……」

反応が怖くて、とつけ足した泰幸が、慌ててポケットのスマートフォンを取り出す。

メールを確認したのだろうか。

画面の字を目で追っていた泰幸の凜々しい顔が、こちらに向き直った時には、情けなくへたれていた。

下がった眉が愛しくて、また頭をくしゃくしゃと撫でたくなる。けれどこちらを見る視線が熱っぽくて——、思わず清良は目を逸らして、上気した顔を隠した。

目の前で読まれたと思うと、照れくさくて顔が見れない。

「清良さん、これ、どういう意味だ？　いいほうにとっていいのか……違うのか、よくわからない」

横から狼狽《うろた》えた声がする。ついさっき玲奈に「誓え」などとかっこよく迫っていた男と同一

ていた。

人物とは思えない、情けない声だ。

ちらりと横目で泰幸を見れば、困ったというふうに眉を寄せ、メール画面と清良を交互に見ていた。

ふっ、と口から息が漏れてしまう。

清良は白い吐息になって空に浮くそれを見ながら、ははは、と声を上げて笑った。

「な、なんだよ、どうした？　清良さん」

「だって、泰幸っ。ちょっと待てよ、おまえ……っ」

あまりにも、ではないか。慣れていないにもほどがある。

もしこれが清良と女性だったとしたら、すぐにでも口説き落として、とっくにホテルにでも入っている自信がある。

泰幸は自分がゲイだと自覚したのは最近だと言っていたが、それ以前に女性の恋人はいたのだろうか。絢の存在を考えると、まさかとは思うけれど——。

「泰幸って……もしかして、童貞？」

ずっと聞きたかったけれど、言い出せなかったことが口から零れてしまった。

ちらりと横目で見た泰幸は目をぱちくりさせ、それからちいさく口の端を上げて言った。

「そうだよ。だって女性にずっと興味がなかったんだから」

「……まーじかよぉ」

信じられない。

苦笑するその顔すらも、うっかりすると見とれてしまいそうなほどの男前なのだけれど。よく無理やりにでも奪われなかったな、とある意味感心してしまう。

迫られたことはあるのか「まぁ色々あったことはあったけど、全部お断りしてきたから」と泰幸は苦々しく言っていた。

厚めの唇の下のホクロが、ぼんやりとした明かりに照らされて見える。やはりそこだけ色っぽくて、異質だ。動く唇を見ていたら、つい聞きたくなる。

「……キスとかは？　したこと――」

「ない……」

泰幸の声を聞いたとたん、かぁっと清良の顔が熱くなった。

こちらをじっと見る泰幸の顔に、キスしたい、と書いてあるようにすら見えた。

泰幸が熱い吐息を落として、覚悟を決めて言う。

「清良さん。さっきのメール、そういうことって思っていいのか？　うれしかったって、俺のこと、嫌じゃないってことなのか？」

うん、と頷きながら清良は瞼を伏せた。見ていたら、ぐちゃぐちゃとなにかを言っている唇に早く触れたくなって仕方なかった。

「清良さん……」

掠れた声に導かれ清良からそっと顔を寄せたのに、泰幸は吐息がかかる距離で、この期に及んでまだ言う。

「キスしてもいい？」

震えるような声が唇にかかって、ぞくりと背筋が震えた。悪寒ではない、焦らされる感覚に身体が熱くなる。

「そんなの確かめんなよ、泰幸――……、ん……」

文句を言った唇を、上からそっと塞がれた。

触れた唇が泰幸のものだと思うと、心臓が音を立てそうなほどに高鳴る。

唇が触れ合うだけのキスで、こんなふうになったことがあっただろうか？

「ふ……っ」

お互いの唇が冷えていて、隙間から溢れる吐息が熱い。

数秒もせず、すぐに唇が離れた。

そっと瞼を開いてみれば、視界が霞むほどの距離で泰幸が片手で顔を押さえていた。髪の間から見える耳を真っ赤に染めている。

「泰幸……？」

「……っ、清良さん、本当に？　清良さんはノーマルだと思ってたけど、いいのか？　俺が、こんなことして――」

不安そうな瞳がこちらを見て、揺れている。

自分はいいと思ったから瞼を閉じたのだけれど、と清良は思ったものの、経験がないとわからないものなのかもしれない。

ましてて男同士だ。清良だって、まだ心の奥では戸惑っている。

でもそんな戸惑いを忘れてしまうくらい、いま目の前にある唇に触れたい。早く、泰幸の初めてを奪いたい。ゲイバーの男なんかに奪われなくて、よかった。

「いいよ。泰幸は？　泰幸は俺に、キス——」

唇が触れそうな位置で言いながら首を傾けたら、泰幸がごくりと息を呑んだのがわかった。

はぁっ、と熱い息が顔にかかって、泰幸の低い声がする。

「キスしたい。触ってみたい……、清良さん」

突然ストレートに言われて、ふっと笑ってしまう。急にじっと瞳の奥を覗かれて、真顔になった泰幸が言った。

「清良さんが好きだ。俺、本当に好きなんだ……」

飾り気のない、嘘のない泰幸の言葉だ。

泰幸が言うから、自分のことが嫌いな清良にも信じられる気がした。

じわりと涙が浮かぶのは、うれしいからだろう。

「うん……、ふふ、うん」

嘘だなんて思うわけないじゃん、と言いたくて、笑いながら唇を開いたのだけれど。

ぐっと肩を摑まれて、引き寄せられる勢いで唇が塞がれた。

さきほどの触れるだけのキスより、ぴったりと隙間なく重なる唇。今度はひどく熱くて、触れたところからぞわぞわと全身が火照るようだった。

角度を変え、開いた隙間におずおずと泰幸の舌が差しこまれる。ぴちゃりと音を立てた粘膜が甘い。

「ん……、ぅ……っ」

思うままに泰幸の舌が蠢《うごめ》いて、上顎や歯列を荒っぽくなぞられた。

ゆるく続く刺激に清良は腰がぶるりと震えて、思わず泰幸の胸に縋《すが》ってしまう。

(……キスって、こんなに気持ちよかったっけ。……好き、っていうのはこういうことなのかな)

相手が男だとか、テクニックとか、そんなことはどうでもよかった。

何度も歯が当たってがちんと音を立てるような、初心者丸出しの勢いだけのキスだ。けれど泰幸が自分を求めているのがよくわかって、たまらなかった。

求められることがうれしいなんて、そんなキスがあることを清良は知らなかった。

どれくらい唇を重ねていたのだろう。そっと離れたときには清良の頭の奥がぼんやりと白み、身体の震えが止まらなくなっていたほど長く、甘い口づけだった。

「ん……、はぁ、ぁ……、おまえね……」

言いながらとろんとした瞳を泰幸に向ければ、また唇を近づけてくる。待て、と片手をかざせば、泰幸が眉を下げた。

「清良さん……、俺……っ」

「待てよ、がっつきすぎだって……、俺、どこにも逃げないし……」

これ以上、こんなところで致すわけにはいかない。泰幸が触れている肩から、密着している下半身から熱が伝わって、ぞくぞくと身体が震えて仕方ない。

（なんだこれ、身体が……、やばいよ。触られたら、変な声でそう）

考えるだけで、じわり、腰の奥が熱くなる。清良は恥ずかしくて、濡れた瞳を覗かれるのを避けながら、泰幸の赤い耳たぶに声を落とした。

「泰幸の部屋いこ。こんなとこじゃ寒いし……、な？」

本当はまったく寒くないし、いますぐにでもどうにかしたかった。けれどさすがに野外はまずいだろう。

ぱっとこちらを見た泰幸が無言で頷いて、すぐに立ち上がって手を取ってきた。

お互いよろよろとした足取りで、けれど素早くアパートまでの道を歩く。

まるで男女が初めてのセックスに向かうみたいな――、と思ったけれど、ある意味ではたいして変わらないのだと気づいてひとり笑った。

夜空に光る星がちかちかと瞬《またた》いて見える。

清良の視界が揺れるのは、すこしだけ泣いているからかもしれない。

好きだ、と言われて、こんなにうれしかったことはなかった。

アパートに戻り、ドアを閉めた瞬間に抱きすくめられ、泰幸の唇が降りてきた。

情熱的なキスに帰り道に冷えた唇が熱さを取り戻していって、すぐに唾液でとろとろに濡れた。

「ん……っ、ん、や、馬鹿っ……、泰幸ぃ、靴くらい、脱いでから……」

清良はもぞもぞと腕から逃れて、なんとか靴を玄関に放った。泰幸も靴を脱ぎ捨てるみたいにしてから、清良の腕を摑んで部屋の中に進んでいく。

ぱちんと明かりをつける泰幸を見て、思わずぎょっとした。泰幸の性格なら、恥ずかしいと言って暗闇でするんじゃないかと思っていた。意外だと感じながらコートを脱いでいたら、振り返った泰幸の腕がぐっと腰を摑んできた。

「清良さん……っ」

「お、おい、……ん、んぅ……っ」

また唇を塞がれて——気がついたときにはもう、泰幸の布団の上に押し倒されていた。

泰幸の作る影の中に入っていることに、いまさら狼狽えてしまう。

やっぱり自分が下なのかとか、男同士でいったいどんなことをするのか——そんなことが頭をぐるぐる回って、心臓がせわしなく動く。

けれど年上のプライドだろうか、取り乱したくはなかった清良は、覆いかぶさってくる泰幸を見て笑った。

「泰幸……、いいよ、なにしても。男としたことないけど、俺器用だから、掘るのも掘られるのもできると思うよ」

「清良さん」

くしゃりと泰幸の顔が歪んだ。照れくさくてわざと下品な言い方をしてしまう。泰幸はうれしいのか、悔しいのかわからない表情をしていて、ただ欲情していることだけはわかる。

やさしく降りてきた指先が、清良の緑色のニットの裾を摑む。ふ、とうすく笑った泰幸が、首筋に唇を落としながら言う。

「清良さん、これ……、緑のニット、もしかしてロールキャベツ意識してるのか？」

「え、違うけど、偶然。そうか、キャベツ……」

ぷっ、と顔を見合わせて笑った。

泰幸がそっとニットを捲り上げていく。唇は鎖骨にゆるく触れていて、そこから感じる吐息が熱い。

清良が腕を上げてやると、ぺろんとキャベツを取り去るみたいに、上半身が裸に剝《む》かれた。

「泰幸も……脱がす？」

「ん……、いいよ、清良さん、腰上げて。下も脱がしてもいい？」

泰幸の服も脱がしてやろうと腕を伸ばしたのだけれど、やんわり拒否された。それより、と素早くベルトを抜かれて、デニムも下げられ両脚が空気に晒《さら》される。

「泰幸、なに、俺ばっかり」

寒いよ、と文句を言いたかったけれど、すぐに全身が熱くなって、それどころではなくなった。泰幸がじっと上から自分を見下ろして、ひどく熱い視線を全身に送っていたからだ。

上半身なんて、いままで人目を意識したこともなかった部分なのに——、晒されているのが恥ずかしい。胸や臍《へそ》の細かな隆起に泰幸の視線を感じると、肌がぴりぴりと敏感になって、熱く火照ってしまう。

「ずっと見たかったんだけど……、清良さん、やっぱり細すぎ……」

「え？　う、うるさい、これでもおまえの飯、いっぱい食べてるんだからな」

横目で見ながら唇を尖《とが》らせれば、泰幸がふっと目を細めた。

「でもすっごい綺麗だな、白くて。触っても、いい？」

「……いいって言ってんじゃん。もう確認すんな、いちいち。次確認したら怒るぞ」

そう言ってやれば、泰幸が目を見開いて、それからわかりやすくうれしそうな顔をした。

泰幸がシャツを脱ぎ捨て、正面からたくましい身体が覆いかぶさってくる。

自分より大きな男に上から組み敷かれて、身体を跨《また》がれるなんて。恐ろしいことのように思えるけれど、感じる重みとぬくもりが、むしろ心地よかった。

「ん……」

すっと伸ばされた泰幸の指先が、鎖骨を過ぎて、平坦な胸元に向かう。くすぐったくて、それだけで腰が震えてしまう。寒さからかすでにぽつんと勃ち上がっていた乳首に、泰幸の指先が絡んだ。

「……っ、あ……！」

つんと突かれただけなのに、喉の奥から勝手に声が溢れた。驚いて唇を噛んだものの、泰幸がぽかんとしてこちらを見ている。

（恥ずかしい……なにこれ。俺、ちょっと触られただけなのに）

とはいえ、清良はもともと直接的な刺激には弱いタイプだ。ここにそんなに執着する女性はいままでいなかったから、油断していた。

「清良さん……もしかして、敏感なのか？　なぁ、そうなの？」

「や……、しらないから、そんなん……、……っん、んん」

問いかけられながら、両方の突起を器用な指先で何度も弄《いじ》られる。布団の上で身を捩るけれど、下腹部にじわじわと落ちる快感に、涙が滲《にじ》んでしまう。うすい赤に染まったそこがじくじくと熟れたみたいになって、手のひらで転がされるとさらにぷくんと膨らんだ。

「かわいい……、こんなちっちゃいのに感じるんだ」

「く……っ、ん…ん、泰幸……っ、ふざけんな、も……っ、ぅん！」

ふいに強く突起を摘まれて、びくんと大きく腰が跳ねた。口を閉じて我慢していないと、喉の奥から大きな声が漏れそうになって困る。

(俺のが年上で、経験もあるのに……っ。全然、やられてばっかで――)

泰幸がこちらを見下ろしてうれしそうに笑っているのが見えて、すこし悔しくなる。

清良と女性とのセックスはまるでルーチンワークで、これといって特殊な流れがあるものではなかった。ただテクニックだけはあると褒められていたのに――まさか年下の童貞男相手に翻弄されっぱなしになるとは思わなかった。

身体を起こして、自分も泰幸に触れたい。けれど見下ろしてくる泰幸の瞳が熱すぎて、視線に縛られたみたいに身動きが取れなかった。

きなかった。

その間も胸元を弄る指先の動きは止まらないままで、清良は息が上がって言い返すこともで

顔を覗きこむ泰幸がどこかうっとりと言って、唇に啄《ついば》むようなキスを落としてくる。

「清良さん、エロい顔してる」

キスが唇から首筋に下がり、そのまま胸元までを熱い舌でなぞられた。ぞくぞくと全身が波打ってたまらなくて、思わず伸ばした手でぎゅっと泰幸の頭を摑んでしまう。

「んん、泰幸……」

「ん……気持ちいい？　もっと舐《な》めてもいい？」

ちゅ、と胸の先にキスしながら、泰幸が視線を上げて聞いてくる。見ていられずただこくこくと頷けば、泰幸はうれしそうにしゃぶりついてきた。

「ん、ん……っ、うぁ、あっ」

痛いくらいに膨らんだ突起に濡れたものが絡んで、舌と唇で味わうようにされる。ときおり歯を立てられては窘《たしな》めるように舐められて、強弱のある愛撫《あいぶ》にどうしようもなく感じてしまう。

「ん、んんっ、も、泰幸ぃ……っ」

下半身に落ちる快感で脚の間がうずうずと疼いて、もう辛い。髪を摑んで抗議するのに泰幸は夢中で濡れた音を立てていて、その勢いは止まらない。

さっきアパートを出る前にシャワーを浴びておいてよかったと、霞む思考の隙間に思う。

嫌だと言ったのに胸元から、臍、わきの下までべたべたに濡らされ舐められた。まるでマー

キングだと思いながら、清良は泰幸の欲の衝動を受け止めた。

「清良さん……っ、清良さん……」

名前を呼ばれながら腰のくびれを何度も舐められて、清良は涙目になりながら思う。

(くっそ、こいつ、いままでどこに隠してたんだよ……、こんな、すごい欲求)

もはや無邪気と言ってもいいほどに、泰幸は欲求を隠そうともせず、真正面からぶつけてくるのだ。

ときおり上からじっと顔を見つめてきては、目を細めて笑う。心から愛しい、というように。

(泰幸の飯食って、俺がうまい、って言ったときと同じ顔じゃん。うれしそうな顔……)

そんな顔を見てしまったらもう、好きにさせてやりたいと、そう思ってしまう。清良は頭の中で降参、と白旗を振った。

「ん……っ！」

腰のくびれから脚の付け根に降りた舌が、下着の布の上から膨らみをやわらかく撫でた。びくんと腰が大きく跳ねて、清良は思わず上半身を起こしてしまった。

「清良さん……、ここ、勃ってる」

「あたりまえだろ、そんなの……っ、いちいち言うなよっ」

中で窮屈になった熱が、苦しい。

口から溢れる声も余裕がなくなって、掠れた吐息まじりになってしまう。

「あ……、やだ、泰幸……っ」

布越しの性器の先端を舌先で突くようにされると、声が上擦ってしまう。それからぐりぐりと手のひらで弄《もてあそ》ばれ、下着の中でさらに質量を増したものがびくんと震えた。清良は開いた脚の間で蹲る泰幸の身体にしがみついて、その感触に耐える。

「ん、ん、やだ……って、馬鹿」

染みになっている部分を指先でなぞられて、羞恥《しゅうち》に顔が真っ赤になった。泰幸の肩口に顔を埋めて、ぐりぐりと頭を押し付ける。早く、早くと急《せ》かしてみるのに、泰幸は気づいているのかいないのか、下着の上からそこをなぞる動きを止めない。

「泰幸……っ」

「うん……、清良さんはボクサーパンツ派なんだな。イメージ通り」

「ど、どうでもいいだろ、そんなの……、んっ」

もう直接触ってほしいのに、泰幸は呑気にどうでもいいことを言いながら下着の上からその感触を楽しんでいる。

(なんだよ……むっつりだな、こいつ……っ)

そういえば泰幸は、好物はあとに食べるタイプだ。

最後まで楽しみにとっておいて、ゆっくり味わって大切に食べる。

そんな食事の仕方をしていたのを思い出し、清良はじわりと涙目になった。

「泰幸……、もう、早く脱がせって……っ！　我慢できない、わかってんだろ……っ」

腰をむずむずと揺らして、興奮で上擦る声を出した。焦れすぎて、もう駄目だった。

きっと顔も、恥ずかしいくらいに余裕がない表情をしているだろう。

泰幸はぱっと顔を上げ、揺れる視界の中でじっとこちらを見て、真面目な顔で言う。

「どうしよう、清良さん。想像してたよりずっとエロくて、やばい……」

泰幸が性的なことに興味がなさそうだとか、淡泊なやつだとか……どうしてそんなことを思ってしまったのだろう。性的な想像をしている泰幸なんてまったく想像もつかなかったが――十九歳の男なのだ、それくらいはしていて当然だ。そうわかりつつも、俺はおまえを性的な目で見ていましたと告白されたようで、清良は気恥ずかしさに唇をぎゅっと噛んだ。

「脱がすから、腰上げて」

「ん……」

後ろに肘をつき腰を上げれば、すぐに下着が下ろされていく。弾けたように空気に晒された性器を泰幸がじっと見ているのが耐え切れなくて、清良は赤くなった顔を背けた。

視線に反応してか、ぴくんと震えた清良の先端から新たな液が溢れて落ちる。指先でそれを掬うようにされたと思ったら、泰幸の大きな手のひらがそこを包んだ。

「ん……、んぁ、ああ……っ」

すぐに握るように触れてきた手のひらのサイズは清良より一回り大きくて、自分で触れるのとも、女性の手の感触とも違う。

（泰幸の、手がでかいから？　ちょっと触られただけなのに、もうやばい――）

敏感な先端をぐちぐちと、器用な指先に弄られる。剝きだしの欲望を直に刺激される強い快感に、清良は背を反《そ》らせて甘い息を吐いた。

「ひぁ、あ、泰幸……っ、や、やだ、それぇ」

「でも……こんな濡れてるよ。感じやすいんだな」

「や、ちが、俺……っ、いつもは、こんなんじゃな……ぁあ……っ！」

腰から下が痺れたみたいに、ひどく敏感になっている。泰幸から与えられると、すこしの刺激でも大きな快感に変わってしまうのだ。

脚の間からするくちくちと湿った音と、清良の吐息まじりの声が混じる。

清良は結局見ていられず、くたりと布団に横たわっていた。泰幸の枕に顔を押し付けて、脚だけを大きく開き、泰幸の腰に絡めるようにして快感に悶《もだ》える。

「ん、んっ、ん、ぁ……っ」

最初は緩やかだった指先の動きが、次第に勢いを増していった。我慢しても次々に吐息が溢れて、止まらなくなる。泰幸の手が熱くて、広くて、驚くほどに気持ちがいい。

「あぁ清良さん、これに弱いんだな。もうわかった」

「馬鹿、やだぁ……っ、う、ぁあ！」

なるほど、と呟いた泰幸の指が反り返った裏側をなぞり、もう片方の手はぱんぱんに膨れた先端を握りこんだ。とたんに尿道から溢れた淫液が泰幸の手のひらを滑らせると、その動きはさらに激しさを増していく。

「やっ、んっ、あぁ……っ」

張り出した雁首《かりくび》の溝を指先で何度も刺激され、びくびく、細い腰が震えてたまらない。

清良は必死に顔を枕に当て声を我慢するものの、感じるところを知った器用な男の手が、ひっきりなしに続く快感を止めてくれない。

そっと枕から顔を離し、脚の間で俯く泰幸を見上げてみる。

名前を呼べば、いつもの凛々しい顔がこちらを見る。その指が濡れて光る性器の先端を弄っているんだと改めて感じて――清良はわけのわからない罪悪感と、それ以上の昂揚感《こうようかん》に襲われた。

「や、泰幸ぃ、ヤバい……、おまえの手……っ、んん、はぁ」

「気持ちいい？」

「ん……」

素直に頷けば、満足げに笑った泰幸は清良の性器をじっと見てから顔を上げ、手の動きを止めないまま言う。

「じゃあこのままイッてよ。清良さんがイッたときの顔、見たい」

泰幸が軽く口の端を上げて、目を細めて笑う。

唇の下のホクロは相変わらず色っぽいけれど、それ以上に、その細められた瞳が熱っぽくて、いやらしかった。

一瞬それに見惚《みほ》れていたら、急に強く自身を握りこまれて全身が震えた。大きな声が出そうになって、慌てて両手で枕を引き寄せると、下から伸びてきた泰幸の腕で阻止されてしまった。

ひ、と喉を鳴らせば、また笑った泰幸が、口先だけで「そのまま」と言う。

「や……っ！　あ、ぁ、だめ、泰幸、ぁあ……っ！」

限界まで反った幹を大きな手のひらで握りこまれ、根元までを何度も激しく揺さぶられる。先端からとろとろと透明な液が溢れて、痛いくらいに張り詰めた全体が脈打った。

「あ、ぁっ、それだめ、ん、ぁあ……っ！」

顔を隠したいのにそんな余裕もなくなって、解《ほど》けた唇から甘い声が溢れて止まらなくなる。細い腰がぶるぶるとのけ反って、左右に揺れてしまう。

「ん、あぁ――……っ」

最後に泰幸の人差指で強く先端をこすられたとき、頭の奥が白く爆《は》ぜた。清良は大きく腰を震わせながら、泰幸の手の中に白濁を弾けさせた。

「はぁ、は……っ」

じぃんとした余韻が全身を回る感覚に震えながらも、清良は布団の上に両腕を投げ出す。熱い息を吐きながら下腹部に目をやれば、泰幸が清良の吐き出した手のひらの精液をじっと見ていた。

「ん……」

なにを思ったのか泰幸がそれを口に持っていこうとしたから、清良は慌てて身体を起こした。たくましい腕を摑んで、涙でとろける瞳を泰幸に向ける。

「い、いいよ、そんなことすんなよ……っ、俺、なんか罪悪感が……」

「どうして？　舐めてみたかったんだからいいだろ」

手のひらに絡む精液を、泰幸が赤い舌を出してゆっくり舐めとっていった。

「うわ、泰幸いいよ、そんなの不味いじゃん。舐めたことないけど……」

「清良さんの味だろ？　そう思うと不味くない」

泰幸はけろりとした態度でそんなことを言って、目を細めて指の股まで舐めている。ひどくいやらしい仕草に見ているこっちが恥ずかしくなって、清良は鼻を啜《すす》りながら目を逸らした。照れ隠しで、ぼそりと投げやりな声を出す。

「泰幸、本当に童貞？　俺の初めてのときなんか、なんにもわかんなくて相手にリードされまくりでひどいもんだったのに」

「本当だよ。清良さんは経験すんのが早かったからだろ。それに俺の場合は同じ男だから、気持ちいい場所もわかるし……ていうか……」

体勢を戻した泰幸が、じっと顔を覗きこんでくる。

「清良さんは、男は初めてなんだよな？」

「……さっきも言っただろ。ないよ」

「そっか。俺が初めてってことだよな。うれしい」

へへ、と泰幸が頬を掻きながら言う。いまさら照れているのか、眉が困ったように下がって
――、清良が好きな泰幸の顔だった。

言葉を返したかったのに、声にならない。心臓がぎゅっと掴まれたように苦しかった。

ただそっと腕を伸ばし、癖のついた黒髪をわしわしと撫でる。

「清良さん……?」

「ん……今度は俺が、泰幸のやってやるよ。すこしは反撃させろ」

言いながら、胡坐《あぐら》の形で座る泰幸の下腹部に手を伸ばした。ベルトの金具を外し、ジーンズのファスナーを下ろす。

「清良さん、俺は……」

「いいじゃん、触らせろよ。……いいだろ?」

頭を下げ、軽く首を傾けて泰幸を見れば、眉を寄せて困惑した表情を浮かべている。にっと笑いかけてから、泰幸の股間に視線を戻した。

ジーンズの上からもわかるくらい、熱く膨れたものをそっと撫でてみる。それだけで泰幸がぴくりと反応したのがわかったから、うれしくなって下着の隙間を開いた。すぐに飛び出してきた硬く張り詰めた先端のその熱さとサイズに、清良は思わずごくりと息を呑む。

「うわ、すごい……」

根元まで引きずり出して、両手で摑んで感触を確かめる。他人の勃起したものを触るのは初めてだったけれど、不思議なほどに嫌悪感がなかった。そっと先端の濡れたところに触れてみると、頭上で泰幸が熱い息を吐いたのがわかった。

「でかい、泰幸の……、これ、口の中入んのかな――」

「え? 清良さん、ちょっと待って、うぁっ……」

両手で根元までを撫でながら、先端の粘りを舌先で舐めてみる。びくっと大きく泰幸の腰が跳ねたから、顔を上げてふふっと笑ってやる。

「泰幸、舐めてほしい？　やったことないけど、たぶんうまくできると思うよ」

「い、いや、いいから、俺風呂入ってないし……っ、ほんといいから」

「別にいいよ。泰幸のだと思うと不味くないって、おまえさっき似たようなこと言っただろ」

「え、あ……っ」

焦る声がおもしろくて、清良はさらりと落ちる髪を耳にかけると、泰幸の股間に顔を下ろしていった。大きく口を開けて、先端の張った膨らみをぱくりと咥内《こうない》に含んでみる。

「……っ、清良、さんっ」

「ん、んーっ、ん」

顎が外れそうだと思ったが、がんばってもっと、深くまで飲みこんでいく。独特の青臭さが鼻に抜けたけれど、泰幸の匂いだと思うと、本当に不味くない気がした。

そのままちゅう、と吸い上げるようにしてみたら、泰幸が「うぁっ」と慌てた声を上げた。思わず視線を上げた先、目を細めてこちらを見る泰幸の荒い息に煽られてしまう。

（かわいい。苦しいけど、全然嫌じゃない、むしろうれしい。俺、変態だったのかな……）

泰幸が気持ちいいと思ってくれていると思うと、うれしさで胸がぎゅっとする。

もっと感じてほしい――、と入りきるところまで口に含んで、舌で先端をぐりぐりと刺激した。その瞬間、泰幸が「う」と呻いて、慌てて肩を押しやってきた。

「ん、んん、ぅ……っ！」

びくんと咥内のものが大きく脈打って、先端から熱いものが迸《ほとばし》る。喉の奥に叩きつけられるように溢れたものを、唾液とともにそのまま嚥下《えんか》する。こくんとすべて飲みこんでから顔を上げたら、真っ赤な顔をした泰幸が唖然としてこちらを見ていた。

「あ、あ、清良さん、ごめ……っ、ごめん！」

最大まで眉を下げた泰幸が、ほとんど泣きそうな顔をして口元を拭ってくる。

泰幸の出したものを身体に入れたのかと思ったら、なんだか不思議な感覚だった。

「清良さん、ごめん。俺清良さんが舐めてくれてると思ったら、すぐイッちゃって……」

しょげている泰幸がかわいくて、清良はたまらなくなってその身体に腕を伸ばした。ぎゅっと正面から抱き着いて、濡れた唇にキスをした。

「清良さん……っ」

口の中にはまだ精液の味が残っていたのに、泰幸はまったく気にする様子もなく、咥内を舌で探ってくる。とろとろとした甘い口づけに、清良の意識もまたとろけていく。

長い夜になりそうだな、と泰幸の舌を受け止めながら清良は思った。

その後はまた盛り始めた泰幸と一緒にシャワーを浴びて、バスルームでもお互いのものに触れあった。何度達しても勢いが衰えない自身にも、泰幸の熱にも驚いた。

寝る直前には、泰幸が冷蔵庫に置きっぱなしにしていた苺のケーキをふたりで食べた。

泰幸はサプライズにしようと、食事のあとに出そうと思っていたという。バタークリームを使用していたから日持ちしたものの、生クリームだったら危なかった、と泰幸がケーキを切り分けながら言っていた。

　夜更けに食べるケーキは不思議な背徳感があって、それは男同士の恋愛に似ている気がした。

　眠気もあってぼんやりとフォークを使っていたら、唇の端にクリームがついていたらしい。泰幸が笑って近づいて来たと思うと、ちゅ、と音を立て、甘い唇がそこを吸い上げた。

「ん、ん、……っ、ふ……」

　すぐに伏せた睫毛が震えて、清良の頬も、吐息も色づく。

　はぁ、と熱い吐息を落としながら泰幸の唇が離れていって、ゆっくり綺麗な弧を描いた。

「改めて思うけど……清良さんと、こんなふうになれるなんて夢みたいだ。うれしすぎる」

　泰幸がやさしい瞳でじっとこちらを見て、どこか切なげに言った。

　いつからかはわからないけれど、泰幸はきっと苦しかったのだろう。

　叶わない恋だと思っていたはずだ。自分を見てもやもやとしていたであろう泰幸を思うと、清良はぎゅうと心が摑まれたような気持ちになった。

「うん、俺も……うれしい」

　もっと別の言葉で伝えたいのにどうしても言えなくて、かすかな不安の予感が広がる。隙間を埋めるように清良のほうから唇を塞いで、クリームの香りのするキスを、お互いの眠気の限界まで続けた。

　そうしてふたりは、クリスマスの甘い余韻をたっぷりと味わったのだった。

3

あれから三日ほどして、泰幸《やすゆき》と一緒に買い物に行った先のスーパーはすっかり雰囲気が一変し、年越しの準備の食材が溢れていた。歳末大売り出しとのことで、いつも以上に買い物客が多い。

「清良《きよら》さんのとこでは雑煮、なに味だった？　うちのほうでは醬油ベースで具だくさんにするんだけど」

野菜コーナーで、長いごぼうを持ち上げながら泰幸が言う。かごを乗せたカートを押していた清良は、隣にぴたりと立ち止まり、ちいさく首を傾げた。

「……雑煮？」

清良もいままでの彼女たちも、大晦日になんとなく年越し蕎麦を食べるくらいで、正月だからといって餅を食べる習慣がなかった。一人暮らしを始める前には雑煮くらいは食べただろうけれど、記憶が定かではない。

えっと、と呟いたきり俯いていたら、泰幸の手が頭のてっぺんにぽんと乗った。

「ん、いい。清良さんが好きそうな味にするな」

泰幸はふ、と口の端を上げてから手を離すと、隣のコーナーの大根を見に行ってしまった。

（まただ……また……）

先日「好きだ」と告白された夜から、泰幸の雰囲気が変わった。

（なんか、ハッとする、いちいち。最初からこんなふうだったっけ……？）

もともとやさしかったけれど、さらに甘やかされている気がしてしまう。一番変わったのは、触れ合いが増えたということだ。いままで抑圧されていたものが解放されたということなのだろうか、泰幸はことあるごとに清良に触れては、やさしく笑う。

とはいえそのたびに照れて、心臓がどきんと高鳴らせる清良こそが、一番変わったのかもしれないけれど。

カートを押して泰幸を追いかけながら、清良はわずかに火照った頬を冷まそうと手でぱたぱたと顔を仰いだ。

泰幸はお節料理も作る気らしく、清良が食べたこともないような食材をかごにぽんぽんと入れていく。豪華なお節料理を作ってくれるのはうれしいけれど、食費を折半することを考えると心配にもなってきた。

女性からの援助もなくなったし、親からの仕送りは学費と生活費以外では手を付けないようにしているので、そろそろ財布の中身が寂しくなっていた。

泰幸はクリスマスディナーの出費について「俺の自己満足だから金はいいよ」と言っていたから、お節料理に関しても同じことを言ってくる気がする。けれど清良だって存分に楽しませてもらっているのだから、きちんとお金は払いたい。

（んー。泰幸いない時間あるし、俺もバイトでも始めよっかな）

大学も冬休みに入り、時間はたっぷりある。泰幸がアルバイトでいない間、部屋でひとりでいるのはさみしかった。

顔の広い篤志《あつし》に『なんかいいバイトない？　危ない仕事以外で。笑』というメールを送って、とりあえず様子を見ることにする。自力でも探してみようと思いつつ、スマートフォンをポケットに戻した。

買い物からの帰り道、「寒い寒い」と言っていたら、泰幸が「はい」と買い物袋を持ってないほうの手を清良の前に差し出してきた。軽くあたりを見回してから、清良も空いている手で泰幸の大きな手のひらを取る。あたたかくて、うれしかった。

（たぶん誰かに見られても、ああ寒いもんね、って許してもらえる気がする。だって今日は、マジで寒いから……）

大嫌いな冬の寒さも、泰幸と手を繋ぐ口実になると思えば許せてしまう。目に入るものすべてが、いままでとは違って見える気がした。

それから一週間ほど、清良は泰幸とふたりで平凡ながらも楽しい正月を味わった。

泰幸の作ったお節料理や雑煮は格別においしかった。

大晦日と三が日以外は泰幸のバイトも休みだったので、ふたりは泰幸の部屋でたいしておもしろくもないテレビ番組をぼんやり見ながら、ゆったりと流れる時間を楽しんだ。

気がかりだった絢《あや》は親戚の叔父とピアノのレッスンの追いこみをしているところらしく、一度も泰幸の部屋に突撃してくることはなかった。これだけまったりとした時間が過ごせるのは、そのおかげもあるだろう。

玲奈《れな》やあの男の姿を見かけることもなかった。

平凡な時間の中で、泰幸はふとしたときにキスをして、「好きだ」と確かめるみたいに言ってくれる。

そういうとき、いつもとてもうれしくなる。けれど清良の口から「俺も好きだ」の一言が出てこないのは、まだ清良が過去に怯《おび》えているからだ。

ふたりきりの世界、べたべたで甘い関係になって、もっと泰幸のことを好きになって、離れられなくなるのがこわい。

別れは必然だと思ってしまうのをやめたいのに、染みついた考えはなかなか抜けてくれなかった。


その日は朝からめずらしく早起きして、去年のうちにできなかった大掃除をしていた。

まずは部屋の大部分を占めているベッドの、ピンクのシーツをすべてはがしてゴミ袋に詰める。ベッドの前にある淡いピンクのラグも、ついでに捨ててしまう。両方何度も洗濯して傷《いた》んできたというのもあるけれど、なによりも、玲奈の一件もあり、過去の女性の面影に嫌気がさしてきたのだ。

(匂いって染みつくんかな。泰幸の布団は、やっぱり泰幸の匂いがするし……)

最近は泰幸の部屋で夜ごろごろしていて、そのまま泰幸の布団に潜りこんで一緒に寝てしまうことが多かった。昨日は泰幸がアルバイトで帰りが遅かったため、清良は久しぶりに自分の部屋のベッドで寝た。そうして朝早く目覚めて一番に視界に入った、ピンク色のシーツが急に目について仕方なくなってしまった。

インターネットのショッピングサイトでシーツを探してみると、手ごろな価格でよいものを見つけた。いま注文すれば明日発送で、到着は明後日になるそうだ。届くまでは泰幸の布団に潜りこむことにしようとほくそ笑みながら、清良は注文のボタンをクリックした。

こうなると、シャンプーやちょっとした小物も買い換えたくなってくる。やはりアルバイトをするべきだ。ちょうど篤志から「キヨくんにぴったりな、いいバイト見つけたよ」というメールが返ってきていたのだ。

詳細希望、と清良が返信を打っていたとき、泰幸の部屋からガタガタと大きな音がした。

「泰幸？　どうしたっ？」

転んだりでもしたのかと心配になった清良が顔を出せば、泰幸は部屋の端のちいさなクローゼットの扉の前に座りこんでいた。

「あ、清良さん！　いや、クローゼット整理してたら物落としただけだから、ほんと、なんでもないから」

はっと振り返った泰幸が、手元をあたふたと動かしながら早口で言う。嘘がつけない男は、こういうときに損だなと思う。清良はにやりと笑ってサンダルを脱ぎ捨て、部屋に入ると、泰幸の背中に飛びついた。

「なに、なに隠した？　ほんっとに見られたくないなら見ないから、教えて」

「い、いや、そんなにやばいもんじゃないけど、その……、あっ！」

泰幸はちいさな段ボール箱を落とし、零《こぼ》れた中身を戻そうとしていたようだ。清良が泰幸の腕を摑んで箱の中を覗けば、手のひらサイズのピンク色のボトルと、ちいさな箱があった。

一瞬の沈黙。泰幸の顔を覗くと、しまった、という顔をしている。

その表情でピンときてしまう。

なるほど、一見しただけではわからなかったけれど、これはローションとコンドームだ。

「泰幸、これ、通販したの？」

「いや、店舗で……。ゆくゆくは、使うかなと思ったんだ。それで……」

泰幸との触れ合いはいわゆる抜きっこの域を出なかった。気持ちよかったけれど、確かに、最近ではそれだけでは物足りない気もしていた。

控えめなパッケージのローションにはきちんと『乾きにくく、アナルセックスに最適』などと書かれている。泰幸がどこかの店のアダルトコーナーを見て、こんなものをレジに持っていく光景を想像すると、なぜか清良のほうがドキドキしてくる。愛しさみたいなものがこみ上げて、たまらなかった。

「馬鹿。そんなの、俺に言ってくれれば買って来るのに……買うの、恥ずかしかっただろ」

「いや、そうでもないし、俺は清良さんに買ってもらうほうが嫌だ」

「えぇー？」

清良は泰幸の肩に手を回したまま、ころんと身体を返す。胡坐をかいた泰幸の太ももを枕に寝転がって、下から顔を見上げた。

「俺、そんな清純派じゃないよ。わかってるくせに」

「き、清良さんが慣れてるのはわかってるけど……でも、嫌なんだ」

じっと見つめる泰幸の瞳が揺れていて、すこし苦しそうだった。清良の過去についてでも考えているのだろうか。

そんな顔はしてほしくなくて、清良は伸ばした両腕を泰幸の首の後ろにかけ、おもむろに引き寄せた。

「……使おっか」

「え？」

唇同士が触れ合う、ぎりぎりのところでの会話。泰幸の体温が上がっていくのがわかって、うれしくなる。

「使ってみよ。だから買ったんだろ？」

「清良さん……」

泰幸が目を細めて、ちいさく首を縦に揺らした。

すぐに落ちてきた泰幸の唇が、ふわりと重なる。うすく開いた清良の唇の隙間に入りこんだ濡れた舌に、やわらかく舌をなぞられた。

「ん……ぅ、うん……っ」

ぴちゃりと音を弾《はじ》いて何度も角度を変えながら、真上から咥内《こうない》を貪《むさぼ》られる。

（こないだ、やっとファーストキスした男とは思えない……、上手い……）

　ここ一週間ほどで、泰幸のキスは最初とはまったくの別物になった。喉の奥をなぞられると ひくりと腰が浮いて、こんなところも感じるのかと驚いてしまう。気持ちよさに頭がふわふわして、同時に身体が熱くなっていく。

　すこし悔しく思っていたら、唇を塞がれたまま、泰幸の指先が清良のロングパーカーの中に潜った。もぞもぞと胸元を探られて、指先で突起を潰されれば、すぐに腰の奥が疼《うず》いてしまう。

「ん、ん、ぅ……っ」

　なおも服の中で乳首を弄《いじ》られて、清良は畳の上に放り出した下半身をもじもじと揺らしながら、重なる唇の隙間に甘い吐息を漏らす。脚の間で膨らみ始めたものが切なくて、たまらなかった。泰幸の肩にかけていた腕をおろし、広くて熱い背中を撫《な》でる。ぎゅっと服を掴めば、泰幸がゆっくりと唇を離した。

「清良さん……、いい？」

　濡れた唇が、耳元に移動する。泰幸の吐息まじりの低い声がくすぐったくて、清良はふふ、と吐息だけで笑った。何回脱がしても、やはり確認しないと気が済まないらしい。いいよと呟いてやれば、泰幸の手がすぐにベルトにかかる。

　器用にバックルを外され、ファスナーが下りたと思うと下着ごとジーンズをずらされた。膝まで下ろしたところで、泰幸の指先がゆるく勃《た》ち上《あ》がっていた清良のものに絡む。乾いた根元を掴まれて、くにくにと弄られるとすぐに硬く芯を持ってしまう。

「や、泰幸、ローション、使うんじゃないの……っ？」

「うん。でも……、やっぱかわいくて、触りたくなった」

溢れてきた液を先端にこすりつけられ、びくびくと腰が跳ねた。そのまま大きな手のひらで包みこまれて、何度も扱《しご》かれるともう、清良は泰幸の身体にしがみついて甘い吐息を漏らすだけになってしまう。

「んっ、んっ、ひ、ぁ……っ！」

身体を横にされたと思うと、泰幸のもう片方の手がぬるり、と尻の丸い膨らみの間に滑りこむ。いつの間にローションを開けたのか、泰幸の指先がひどく濡れている。

「ごめん、冷たかったよな。でも、すぐ馴染むと思うから……」

「待て、ぁあ……っ、あ……っ」

前に触れられたまま、後ろの敏感な粘膜を指先でなぞられる。そこに触れる趣味の女性はいなかったので、おそらく誰にも触られたことのない場所だった。覚悟はしていたものの、想像以上の羞恥《しゅうち》が清良の身体を熱くさせる。

「んっ、んっ、や、やだ。泰幸、ぞわぞわ、するから、ぁ……っ」

「うん、ひくひくしてる。敏感なんだな」

泰幸がしみじみ言う。確かにすこし触れられただけで後ろの縁が収縮を繰り返し、太ももに力が入ってしまう。

（俺、ここまで感じやすいやつじゃなかったのに。もう、どこ触られても、やばいよ……）

感じすぎているのも、粘度の高いローションがぬちぬちと音を立てるのも、恥ずかしくて仕方なかった。清良は真っ赤に染まった顔を泰幸の腹あたりにこすり付けて、背中に回した腕にぎゅっと力をこめた。

「清良さん、指、入れるから……痛かったら、言って」

「ん、んっ」

早くどうにかしてほしくて、清良はこくこくと頷いた。ローションを尻の間に直に垂らされ、ひくんと中が締まったのがわかった。

同時にそこを撫でていた泰幸の中指が、ぬるりと中に入りこんでくる。濡れているおかげか痛みはなく、ただ、むずむずとした異物感がある。

泰幸が前でやさしく性器に触れながら、背後では固く締まった場所を解《ほぐ》していく。ひどく濡れた音が前後から聞こえて、頭がくらくらして、もうなにも考えられなくなる。

「指、増やすな。……清良さん、楽にしてて」

そうして泰幸が二本に増やした指を窄《すぼ》まりに宛《あて》がった、そのときだった。

「……──っ！」

カン、カン、とゆっくり一段ずつ階段を上がる音が聞こえた。

清良は長くここに住んでいるからなのか、それともただ耳がいいのか、足音で人物を予想できる。いつもの軽やかなリズムではないものの、この靴音の持ち主はわかる。

「……っ、絢ちゃんだ、泰幸、やばいぞ。俺、鍵開けっぱなしで……」

清良は物音を聞き思わず飛びこんできたから、うっかり泰幸の部屋のドアの鍵を閉め忘れていたのだ。

　びくっと泰幸の指先が跳ねて、それから離れていく。

　階段を上がり終えた絢が、廊下を歩く音がする。一気に血の気が引いた清良は素早く身体を起こし、台所の横にある脱衣所へと駆けだした。

「う、わぁ……！」

　膝まで下げられていたジーンズが引っ掛かり、どたんと畳の上に転がったけれど、その勢いのまま滑るように脱衣所の中に入った。そして引き戸の扉を閉める。

「泰兄……」

　まさに間一髪だった。

　いつもよりちいさな絢の声がして、きぃ、とドアが開かれる音。

　泰幸がローションなどを片付ける気配がして、それから絢がばたばたと中に駆けこんできた音がした。

「泰兄……っ！」

　おそらく泰幸は絢に背中を向けているのだろう。清良は脱衣所にいるので見えないけれど、絢が泰幸の背中に抱きついたのが目に浮かぶようだった。

「絢……っ、おまえ、本当に勘弁してくれ……っ、来るときは連絡くれって言ってるだろ」

　さすがの泰幸もがっくりときているのか、いつもよりも強めな声だった。絢が「泰兄」と狼狽《うろた》えた声を出して、とすんと畳の上に座った気配がした。

「ごめ、なさい……。僕、ほんと、今日だけは、泰兄の顔見ないと死んじゃいそうで……」

絢の声が震えている。いつもの絢ならば、これくらいで参ったりはしない。

なにかあったのだろうか、と清良は首を捻《ひね》った。気にはなるけれど、いま自分が絢の前に出ていけば逆効果になることは目に見えている。

そうでなくても、人前に出れる格好ではない。清良は自分の下半身を見て苦笑した。

(気になるけど、とりあえずシャワー……)

絢の登場で一気に萎《な》えたけれど、身体はローションでべたべたのままだ。

泰幸の熱くがちがちになったものも、先ほど清良の腕に当たっていた。いまごろ萎《しぼ》んでるんだろうなと切なく思いながら、泰幸の部屋の風呂を借りる。

タオルも拝借して、清良が濡れた髪を拭きながら脱衣所の引き戸を開けたときには、絢は部屋の端に布団を敷いて寝ていた。

がく、と思わず清良の肩が下がる。てっきり、すぐに立ち直った絢に「どうして泰兄の部屋でシャワー浴びてるの！」という質問攻撃に遭うとばかり思って、言い訳の答えまで用意していたのに。

布団の横で絢の様子を横で見ていた泰幸が、こちらに気づいて小声で言う。

「あ、清良さん、ごめんな……」

「いいよ、俺が鍵忘れたのがまずかった。ていうか、絢ちゃんどうしたの？　疲れちゃってたのかな」

「わからない……」

　ぽそぽそとちいさな声で泰幸が話すことには、どうやら、絢は落ち込んでいる理由を教えてくれなかったという。レッスンでなにか嫌なことがあったようなのだが、なにがあったかと聞けば、ただ首を振るばかりだったとか。

「とりあえず、今日のところは泊まっていけって言っておいた。そうしたらやっと安心したみたいで、いま寝たとこ」

「そっか」

　すぅすぅと寝息を立てている絢の寝顔は、どこか苦しそうだった。透けるような白い肌に、目の下の隈《くま》が痛々しく目立つ。ちいさな身体の中に、激しい感情を持て余している少年。

　絢は寝苦しいのか、うっすら汗をかいている。その丸い額に張り付いた栗色の髪を、泰幸がそっと手で払った。

（あ、触った――……）

　じっとふたりの様子を見ていたら、こちらに視線を戻した泰幸がくしゃりとした顔で笑った。すこし離れたところに座っていた清良に膝立ちで近づいて、こそりと囁く。

「清良さん、ごめんな。その……さっき、途中で」

「ん……、いいって。泰幸こそ大丈夫だった？」

　ここ、と股間を指差して耳元で笑ってやれば、泰幸がぐっと息を呑んだ。

「待てよ、収まってたのに、清良さんにそんなふうにされたらまずいって……っ」

焦る泰幸の様子がおかしくて、ついつい悪乗りしてしまった。にぃ、と口の端を上げ、すぐ近くにあった唇にちいさくキスをした。続けて唇の下にあるホクロを、啄《ついば》むように口づける。

「清良さ……っ」

「しーっ」

むに、と泰幸の厚めの唇に指先を当てる。目を見開いている泰幸を見ながら、清良は目を細めて誘うように微笑んだ。

「ちょっとだけ――、キスだけしてよ。そしたら満足して俺帰るから。な……?」

泰幸の肩がびくりと跳ねて、それから、すこし離れたところで寝ている絢のほうを振り返る。寝息を立てていることを確かめて、真顔になった泰幸が、覆《おお》いかぶさるみたいに唇を合わせてきた。

泰幸とのキスは気持ちよくて、ずっとこのままでいたいと思ってしまう。しかし絢がいる手前、そうはいかない。

(……俺だって、苦しいし)

ついさっきまで自分に触れていた指先が、絢にやさしく触れていた。

泰幸が絢にやさしくするのは、清良からすればやはりすこしおもしろくない。けれどきっと清良は泰幸の、そういうところが好きなのだ。

(矛盾してるな……自分以外にもやさしい泰幸が好きだけど、自分以外にやさしい泰幸は見たくない)

清良はその苦しさをすこしでも埋めたくて、泰幸の唇をひたすらに求めた。

しばらく夢中で貪り合っていたけれど、背後の絢がもぞりと寝返りを打った音でお互い我に返った。

このままここにいたら、絢の前でもっとすごいことをしてしまいそうだった。

清良は申し訳なさげに眉を下げる泰幸の唇に最後にちいさく触れ、そして自分の部屋に戻ったのだった。


昨日の昼に泰幸の部屋に来た絢は、夜が明けてもまだ泰幸の部屋で口を閉ざしていた。

泰幸がどんなに声をかけても、部屋の端で塞ぎこんだままだという。相当のことがあったのだろうと、泰幸は悲しそうに言っていた。清良もいつも生意気な絢が落ち込んでいるのを見るのは寂しかったし、なにより、泰幸が絢の世話を焼いているのを見るのが辛い。

そんなときにちょうど篤志から連絡があったので、清良は好都合とばかりに部屋を飛び出した。

清良が指定された待ち合わせ場所に着くと、篤志が見知らぬ男と談笑しているのが見えた。

さっと手を上げれば、篤志が人好きのいい笑顔で振り返る。

「篤志。久しぶり」

「マジで久しぶりだねぇ～！　ていうか、バイトしたいなんてどういう風の吹き回しなの？」

久しぶりに直接聞く篤志の間延びした話し方は、なんだかおかしかった。

今日は、メールで篤志が言っていたいいアルバイトというのを紹介してもらいに来たのだ。

「んじゃキヨくん、時間ないからサクッといくね。こちら、今日お世話になる芝本《しばもと》さん」

手で示された先にいたのは黒いハットが似合う、長めの金髪の男だった。金髪といっても下品な色ではなく、シルバーに近い髪色は渋く、落ちついた印象だ。

「初めまして、青山サロン・ド・エルバの芝本です。君が清良くん？」

一見してセンスがいいなと思ったけれど、話を聞いて納得した。以前篤志が言っていた、腕のいい美容師をしている友人が彼だった。

彼のサロンはヘアカットだけではなく、高い技術を持ったスタイリストによるヘアセットも売りのひとつにしているという。そこで新しくヘアセットカタログを製作するにあたり、男性モデルが足りないのだそうだ。

清良には数種類のミディアムヘアの撮影モデルをやってもらいたい、と芝本は言った。モデル、と清良が呟けば、篤志が慌てて口を挟んでくる。

「あのね、ミディアムヘアのモデルが足りないって聞いて、探してるときにキヨくんから連絡あったからさぁ！　髪の長さもサロンのイメージも、キヨくんにちょうどいいって思ってて っ」

篤志が微妙に気まずそうなのは、清良が繁華街を歩くたびにモデルのスカウトを断っているのを知っているからだろう。

去年までの清良なら面倒な仕事は嫌だ、金なら彼女がくれるからいい、などと言って帰っていたかもしれない。けれどいまは、そうしようとは思わなかった。おいしい食事を食べるためには、泰幸との幸せな時間をすごすためには金が必要なのだ。

「なるほどね。わかった、やってみる」

「キヨくん、マジっ？」

「うん。……俺でよければ、精いっぱいやらせてもらいます。芝本さん、今日はよろしくお願いします」

芝本と清良が握手を交わしている間、篤志は「よっしゃあ」と叫んで飛び上がっていた。

サロンに移動して、清良は大きな鏡の前でヘアセットを施され、ついでに撮影用にと軽くメイクもされた。

今後のために、と見学をしている篤志が興奮で饒舌《じょうぜつ》になっていて、清良はおかしくてたまらなかった。

「俺正直、一か八かの賭けだったんだよ～、マジうれしい！　俺常々キヨくんは絶対こっち関係とか、アパレル関係の仕事が合うって思っててさ……ほら、スタイルもいいし、センスもいいじゃん？　なんかこういうこと言うと、他の友達にホモかよって疑われるんだけどさぁっ」

「まさか篤志、俺に惚《ほ》れてんの？　なんだ、もっと早く気づいてれば受け入れてあげたのに」

くく、と笑ってやれば、鏡越しにこちらを見る篤志が目を見開いた。

「え、なにそれ？　も、もしかして、本当に本命できたとか……っ」

篤志がうれしそうに言う。「さぁね」と肩をすくめれば、篤志はさらにテンションを上げていた。

「だからかっ、やけに機嫌いいの！　あーよかった、俺ほんとキヨくんのこと心配してたんだからさ〜」

高校生の頃からのつき合いで、清良に本当に好きな人がいたことがないのを知っている。だから、よろこんでくれているのだろう。篤志を見て、清良はふっと目を細めた。感謝の気持ちをこめた、やさしい笑顔だ。

鏡越しに見た篤志は一瞬唖然として、それからしみじみと言った。

「いやぁ、これはマジだ……。キヨくんが、恋を知って変わった……」

篤志の大げさな言葉には笑ってしまったけれど、この数日で自分のどこかが変わったというのは清良も自覚していたから、言い返せなかった。

行われた撮影はあくまでヘアセットメインのため、それほど難しい要求もなく、モデル経験のない清良でも無事に撮影を終了することができた。

サロン内に作られた簡易スタジオに入ったときは、ライトの眩しさや、カメラマンの真剣な表情に圧倒された。会話は和やかながらもほどよい緊張感があり、よいものを作ろうというプロの気迫が肌に気持ちよかった。

心の中でシャッターを切る癖があった清良は、カメラというものにもともと興味があったのかもしれない。

二度と来ない一瞬を切り取り、写真に閉じ込める作業。自分が切り取られる側というのが不思議な気持ちだったけれど、違和感がなく、やけにしっくりした。

「これでサロン・ド・エルバに男性客が増えるだろうな。またなにかあったら連絡してもいいかな」

そう言ってくれた芝本と連絡先を交換し、アルバイト代が入った封筒を受け取る。

清良はアルバイトというものをしたことがなかったので、初めての経験だ。その場限りのモデル仕事で、金額自体はたいしたことはないけれど、なんだかひどくありがたいものに感じた。

さらに芝本は、篤志と清良に夕飯までご馳走してくれたのだった。ファッション業界の興味深い話も聞くことができ、とても充実した時間だった。

「あっちゃー……」

そうして楽しい時間を過ごしすぎて、気が付いたら終電がなくなっていた。清良が時計を見ながら顔を覆っていたら、篤志がにっと口の端を上げた。

「俺、今日芝本さんとこ泊まらせてもらうよ～。ここから歩いて行けるんだよ」

「よかったら清良くんもどう？　俺はひとりだろうがふたりだろうが変わらないからさ」

芝本がやさしく言ってくれる。清良は一瞬迷ったけれど、タクシー代がもったいないというのもあり誘いに乗らせてもらうことにした。

泰幸に電話をすると、夜道は危険だしそうしてもらったほうがいいな、と納得してくれた。

慣れない仕事は緊張の連続で体は疲れていたが、撮影で味わった充実感が全身に残っている。

興奮でなかなか寝付けなかったけれど、一度眠りについてしまえば、夢も見ずに泥のように寝てしまった。

翌日は空気は相変わらず冷たいものの、日差しがあたたかな朝だった。

芝本にお礼を言い、また会おう、と約束して清良はマンションを出た。

さすがに一日たてば絢の様子も変わっているだろうと思ったのだけれど——、アパートに着き泰幸の部屋を覗くと、まだ絢が部屋の端で寝ていたから驚いた。

しかも、泰幸が午前中から蕎麦屋のアルバイトを入れていて、これから出なくてはならないと言うのだ。

「ええー、泰幸、行っちゃうのか」

「ほんとごめんな。絢は寝てるし、たぶん大丈夫だと思うんだけど……」

「でも絢ちゃん、かなり様子おかしいんだろ？　俺今日暇だし、たまに様子見に来るよ」

そう約束すると、泰幸はあからさまにほっとした顔になった。

玄関で軽くキスをして、泰幸を見送った。一昨日からほとんど泰幸に触れていなかったからか、清良は軽く欲求不満になっているらしい。身体がむずむずとして、胸が苦しくなる。

（あと泰幸が、絢ちゃんのことばっか考えてる顔してるからか……）

泰幸は絢のことが心配なのだ。赤ん坊のときからのつき合いの幼馴染同士なんだから仕方ない。けれど、どうしても息が詰まったように苦しくなる。肺にたまるもやもやが嫌で、清良は大きく息を吐き出した。

腹の中の空気を全部出したら、胃が空っぽなことに気づいたらしい。きゅうう、と平坦な腹が音を立てたので、泰幸の部屋の冷蔵庫を開けさせてもらう。食べたものはあとでメモを取っておいて、食費折半の際にまとめて請求してもらえばいい。

中身は、清良が手を出せないような調理法不明な野菜類と、卵、牛乳。チルド室を覗くと、鶏肉が入っていた。炊飯器の中身は空だった。しかし、冷凍庫に炊き立ての白飯を冷凍したものがいくつか入っているのを知っている。

卵かけご飯にでもするか、と白飯を取り出していると、部屋の端から絢の声がした。

「んん……、やだ、やだ、触らな……で、気持ち悪い……」

確かにそう言った。はっとして清良が顔を見に行けば、絢は綺麗な顔を苦しげに歪《ゆが》めて、瞼《まぶた》をぎゅっと閉じていた。どうやら、うなされているようだ。

タオルで額の汗を拭いてあげようと手を伸ばせば、触られたくないのか、いやいやと首を振る。清良は仕方なく枕の横にタオルを置き、起こさないようにそっと台所に戻った。

(変な夢でも見てるのかな。妙にはっきりした寝言……触らないで、気持ち悪い、って言ってたな)

嫌な予感がする。清良もつい最近気味の悪い経験をしたから、もしかしてと思ってしまう。そうでないことを祈りながら、離れた場所から絢の寝顔を見つめた。

（なんか俺に、できることないかな。あ……絢ちゃん、飯食ったかな？）

ふと思いついて、もう一度冷蔵庫を開け、食材を確かめる。よし、と満足げに頷いて、清良は久しぶりに腕まくりをした。

――かわいい子はみんな、オムライスが好きなはず。なぜならオムライスもかわいいから。

清良はそんなよくわからない持論を脳内で展開させ、慣れない手つきで料理を始めた。

オムライスはケチャップを入れて炒めたご飯を、うす焼き卵で包んだもの、という知識くらいはある。泰幸が前に作ってくれたことがあるような、半熟でとろとろした卵のオムライスはできないだろうが、一般家庭に出てくるレベルくらいなら自分でも作れるだろうと思ったのだ。

細かく切った鶏肉や、適当に刻んだ残りものの野菜などをフライパンに入れ、ご飯とケチャップを入れて炒める。

「うお……いい匂い。俺もやればできるじゃん」

浮かれていたら火が強かったようで、若干ご飯が焦げた。しかし味見をしたら、それが香ばしいアクセントになっておいしいような気もした。

問題は卵だった。うす焼き卵を焼いてチキンライスを乗せ、くるりと巻いているところは見たことがあったけれど、実際やってみると難しく、卵が破れてうまく丸くなってくれない。

「くっそ、なんでだ？　もうこうなったらネットで調べよう……ていうか、最初からそうすればよかった」

そうして文明の利器も活用し、ぶつぶつ言いながら数分間悪戦苦闘して、なんとか絢の分だけはまともな見た目のオムライスを作ることができたのだった。

失敗した卵はすべて清良のオムライスに乗せたから、ずいぶん背の高いものになってしまったが、これはこれでいい。

(今度、泰幸にも作ってやろ。絶対よろこんでくれるはず……)

思ったよりまともにできたことがうれしくて、清良は上機嫌で準備を始めた。泰幸に倣《なら》って、プレースマットを敷いた上にスプーンとグラスを綺麗に並べる。

清良が鼻歌まじりに仕上げのケチャップをかけているところで、音で起きたのか、絢がむにゃむにゃと言いながら上半身を起こした。

台所を見て瞼をこすりながら「泰兄……？」と言う。清良が絢に背中を向けていて、かつ泰幸の黒いエプロンを借りているから寝ぼけて見間違えたのかもしれない。

あどけない瞳がこちらを見ていて、かわいいなぁと思ってしまう。絢の存在は正直清良にとってありがたくないけれど、絢という人間自体は嫌いではないのだ。

「絢ちゃん、起きた？　腹空いてない？　いまさ、オムライス作ったんだよ」

ほら、と言いながら、できたてのオムライスを運んでいく。絢のほうは形も綺麗だし、ケチャップで書いた『ＡＹＡ』の文字もうまくいった自信作だ。

台所から出れば、絢は立ち上がってこちらを見ていた。一度起きてまた寝ていたのか、パジャマではなく私服に見える。袖が長い白いタートルネックのニットに、カーキのカーゴパンツと、肌の露出を極端に避けて見える格好だ。もしかして寒がり仲間か、と口の端を上げかけて、

止まった。

絢の細い脚がちいさく震えて見えて、はっとした。顔を見れば、絢の大きな瞳に光がない。

「あ……絢ちゃん？　どうし……」

「泰兄はっ⁉」

綺麗なボーイソプラノが、掠れて潰れているのが痛々しい。清良は目を細めて口を開いた。

「泰幸ならバイト行ったよ。絢ちゃんのこと心配してたけど、バイトだから仕方ないって言ってさ……」

なるべく刺激しないよう言葉を選んだつもりなのだけれど、絢はさらに声を荒らげる。

「それで、なんで清良がいるんだよ、僕たちと関係ないじゃない‼」

関係ない、という言葉が清良の胸にずしんと響く。絢はもはや親も公認で、泰幸の身内と言ってもいい存在だ。

清良は痛みに気づかないふりをして、にっと口の端を上げた。

「いや、俺は絢ちゃんのこと見てるって約束してて……んで、昼ご飯作ったから食べようと思ってるとこなんだよ。絢ちゃんもどう？　ね、一緒に食お？」

言いながら、絢の分の皿を持っていく。

布団の横で立ち尽くしたままの絢に見えるように近づいて、にっこり笑いかけた。

「腹が減っては戦はできぬとか言うじゃん。ね、食べよ。オムライスに文字も書いたし……」

「なんで……っ？」

「え？」

絢がぶるぶると身体を震わせたかと思うと、俯いていた顔を上げる。

清良を睨む大きな瞳に、涙が浮かんでいた。

「なんで、おまえが泰兄のエプロンしてるんだよ……っ！　僕の泰兄なのに……、なんでっ⁉」

掠れた悲痛な叫びが部屋に響く。怒りに満ちた声とは裏腹に、絢の瞳は悲しそうに揺れていた。

透けるような白い頬に、ぽろりと涙が一筋落ちる。

「清良がいなければ、泰兄は僕だけのものだったかもしれないのに……、僕もピアノがうまくいって、お、叔父さんなんかに頼らなくても、よかったかもしれないのに……っ、おまえが、いなければばっ！」

絢の透けるような白い頬に、ぽろりと涙が一筋落ちた。

――あんたがいなければよかったのに……――。

いつか聞いた叫び。心の奥深くに沈めた記憶が、清良の目の前に蘇《よみがえ》った気分だった。

涙より、「おまえがいなければ」の一言が、清良の身体をびくりと跳ねさせた。

そのとき、サイズの大きいエプロンの裾がひらりと揺れたのが、絢の視界に入ったのだろう。

絢がばっと駆け寄ってきて、エプロンを摑んだ。

「脱いで！　泰兄のエプロン、脱いでよ！」

勢いよく裾を引いた絢の腕が、清良の手を強く弾いた。

絶句して清良の力の入らない手の中から、するりと皿が滑り落ちる。

「……っ！」

清良が息を呑んだ一瞬、ゆっくりと皿が落ちていくモーションが視界の端に入った。

次の瞬間、どん、と鈍い音を立て、畳の上に皿がぶつかった。

縦に落ちた皿から丸いオムライスが転がって、ぐしゃりと潰れていく。卵からチキンライスが零れて、畳の緑にぱらりと散った。

「……あ……っ」

絢がそれを呆然と見下ろしてから、ちいさく首を振る。

「ぼ、僕のせいじゃない。清良が……、清良が泰兄のエプロンなんて勝手にしてるから……っ」

絢がじりじりと清良から遠ざかっていく。

清良は動けずに、じっと潰れてひどい形になったオムライスを見ていた。醜くて、無残だ。

——醜い女の子供はやっぱり醜いな。

頭の中に、いつか言われた心無い言葉が蘇る。

けれど苦しくはない。清良はもうとっくに、これを克服する術は身に着けている。

ふ、と口の端を上げて笑って、明るい顔を上げる。

「……ん、そうだな。俺のせいだな」

「え……」

「ぜんぶ俺のせいだから。絢ちゃんの言うとおりだよ」

「な、なんで……、清良……」

ひっ、と絢が喉を鳴らして、泣きそうな顔をする。迷子の子供みたいな顔が悲しくて、清良は絢のほうに手を伸ばす。

「どうしたんだ、ふたりとも……」

伸ばした指先が、ぴくりと震えた。後ずさる絢の後ろから泰幸の声がした。

はっとした絢が身体を大きく跳ねさせ、素早くバッグとコートを取ると、泰幸の静止を振り払って玄関を飛び出していく。

「絢っ⁉」

泰幸の叫びを聞き、絢は肩ごしに振り返った。

「ぼ、僕、もう帰るね……っ。泰兄、またね！」

強がって笑おうとしているが、半ば泣き声だ。絢は涙でくしゃくしゃになった顔に手をやり、踵《きびす》を返して部屋を出ていった。

「絢、ひとりで帰れるのか？」

追いかけて外に出た泰幸が、階段を駆け下りる絢に声をかけていたが、返事はなかったようだった。

しばらくして泰幸が、首を傾げながら戻って来る。泰幸は絢を心配して、アルバイトをはやめに上がらせてもらったのかもしれない。

「急にどうしたんだ、あいつ。……清良さん？」

清良がしゃがみこみ潰れたオムライスを手で皿に戻していると、はっとした顔になった泰幸がしゃがんで腕を取ってきた。

「俺がやるよ。なぁ、これどうしたんだ？　まさか、清良さんが作ったのか」

「うん……、でも、手が滑って落としちゃったんだよ」

口元に自嘲の笑みを浮かべ、潰れたオムライスを見つめる。泰幸が眉を下げて、心配そうに顔を覗きこんでくる。そんな顔はしないでほしい。笑ってほしくて、清良は、ははっと声を出して笑った。

「せっかくそこそこうまくできたのに、馬鹿だよな。やっぱ俺って馬鹿すぎる」

「……清良さん、本当に手が滑ったのか？　絢が逃げるみたいに出ていったの、このことと関係あるんじゃないのか？」

「ないよ。ぜんぶ俺のせいだから、絢ちゃんのことは怒んないでやって、な？」

「清良さん……？」

潰れたオムライスを手に取って、大きく口を開けてぱくりと食べてみる。

「ん、やっぱそこそこうまい。ちょっとだけ焦げちゃってるけど」

「清良さん、どうした？　なんか……」

「だってかわいそうじゃん、捨てられちゃうの」

言いながら、語尾が震えた。

ぐちゃぐちゃになったそれは見た目も悪いし、もう誰も食べないだろう。いらない存在だ。捨てられる、存在。

「お、俺が、食べないと……。こんなの、捨てられちゃうじゃん。こんな俺、なんて」

「清良さん」

ケチャップに染まる指先もちいさく震えてしまう。なにか、おかしなことを口走っている。このままでは、泰幸におかしいと思われる。清良はぎゅっと瞼を閉じて、それから頭を振った。気を取り直して顔を上げれば、泰幸が畳に触れている卵を指差していた。

「大丈夫。ここの一部分は畳についてるけど、他は無事だな。このオムライス、救ってやれそう」

ぽかんとする清良を他所《よそ》に、泰幸はちゃぶ台の上からスプーンを取り、手際よくオレンジ色のチキンライスを次々に皿に戻していく。畳に触れていない卵も器用に掬《すく》い取《と》って、丸く整えたライスの上にぽんと乗せた。

「清良さん、ほら。縦に落ちたから潰れちゃったけど、逆にそれがよかったんだな」

「泰幸……？」

泰幸は座布団に腰かけて、ちゃぶ台のプレースマットの上に皿をどんと乗せた。

いただきます、とちいさく言って、一回り以上もちいさくなったオムライスもどきをスプーンで掬って口に運んだ。ゆっくり味わって咀嚼《そしゃく》して、ごくんと飲みこむ。泰幸は目を細めてこちらを見て、ふわりと笑った。

「うまい。清良さん、これうまいな」

泰幸が心からおいしい、という顔で言うから――、清良の視界がぶわり、膜を張って揺れてしまう。

泣きたくなんてないのに、泰幸があまりにもやさしい顔で笑うから。

顔が熱くなって、肩が震えてしまう。

苦しみを流す術がなかった、子供のころに戻ってしまう。

ひっ、と喉が勝手に鳴って、声を呑みこんでも溢れそうになる。膝を抱え身体を震わせている清良の横に、泰幸が寄り添った。

「……清良さん」

やさしく名前を呼ばれて、蹲《うずくま》る身体を正面からぎゅっと抱きしめられた。

無言で大きな手のひらが背中をさすっていって、熱く火照る頬に唇が触れる。涙が零れていたのか、いなかったのか、清良にはわからなかった。

ただ悲しいのと、うれしいのとが、清良の心の中で潰れたオムライスみたいにぐちゃぐちゃに混ざっていた。それを泰幸に丸ごと掬われて、ぱくりと食べられた。そんな気がした。

ずいぶん長い時間、なにも言わずに抱き合っていた。

清良のしゃくり上げる音が止み、身体の震えが消えたころ、ぽつりと泰幸が言った。

「なぁ、清良さん。清良さんは、どうしてすぐ、こんな俺なんか、って言うんだ」

「え……？　だ、だって俺なんて――」

「ほらまた。清良さんは、本当はやさしくて、たまに男前で……、綺麗で、かわいい人だろ」

泰幸の、ぎゅっと抱きしめる腕に力がこもる。苦しいくらいだけれど、それが心地いい。

言われたことがくすぐったくて、ふふ、と笑ってしまう。恋は盲目というやつか。

泰幸は悔しそうに続けた。

「俺は好きなのに、なんで自分のことを悪く言うんだよ。お願いだから、もう『こんな俺なんか』とか、言わないでくれよ……」

まっすぐでやさしい言葉だ。

どうしてこんなにやさしい男が、自分を好きでいてくれるのだろう。胸がぎゅっと痛くて、清良はちいさく吐息を落とした。

「清良さんは、さっきもそうだけど、自分の気持ちを押し殺して自分以外を優先することがあるよな。嘘をつけるっていうのも、自分のための嘘じゃなくて、誰かのための嘘だろ……」

「そんないいものじゃないよ、俺」

ずいぶんやさしい解釈をしてくれていると、清良は笑った。笑うたび、無理に笑わないで、と泰幸が口の端にキスを落とす。

そっと頬に触れてくる唇がやさしくて、あたたかい。

身体もあたたかくて、触れたところから、泰幸の誠実さが伝わるようだった。

清良の心の奥に閉じこめていた、色のない悲しい記憶がじわりと溶ける感覚。

「――……泰幸。だって、俺、必要ないって言われて、捨てられたんだもん……。実の母親に」

改めて口に出してみると、なんてありふれた話なんだと清良は思った。

けれど世界によくある悲劇のひとつひとつは、実際のところ、どうしようもなく辛いのだ。

そんな悲しみがたくさん渦巻いて、この世界は回っている気がする。

「清良さん……」

ぎゅっと抱きしめる力が強くなる。

「なぁ……めちゃくちゃ、辛気臭い話になるけど、いい？」

「清良さんがよければ、聞きたい」

じっと見つめてくるまっすぐで真摯《しんし》な瞳も、清良の心の中のどこかを溶かしていく。

わかった、と呟いて、清良は口を開いた。

清良が幼いころに、父親が他界したこと。残された母親には知識もなく、誰も頼る人がいなかったのだろう。幼い清良を抱き、風俗業界に身を置いたこと。いつも貧しくて、そのことでいじめられることもあったけれど、母のことは憎んでいなかったこと——。

「清良さんが……」

泰幸が、苦しそうに呟く。

いつのまにか、抱きしめられていた腕は外され、両手が大きな手のひらに包まれていた。話しながら、指先が震えていたのかもしれない。絢にもこうしてやっていたのかと思うと、つい妬《や》けてしまう。

「でね、小学校の卒業式は、一応出たんだ。でも……」

どこにでもある、つまらない物語。けれど話すのがこわいのだ。ここからの話は、誰にも話したことがないからだ。

「家に帰ったら、母さんが荷物をまとめてた。隣には、店で何度か見た男がいてさ。子供ながらに、俺もなにか感じるものがあったんだろうな。その男の足を殴って、『消えろ！』って言ったんだよね」

泰幸の部屋に飛びこんできた絢の姿と、過去の自分が重なった。

絢を憎めない理由に、ようやく気づく。

「……そしたらさ、母さんが泣きながら、俺の手を払って『清良が消えればいい』って。『清良のせいで、たくさん苦しんだのよ。――あんたがいなければよかったのに』って言ったんだよね。それを男が宥《なだ》めながら、ふたりで部屋を出ていこうとするんだよ。俺は母さんが大好きだったから、そんなことを言われてショックで泣いてた」

でも、悲しい以上に、清良は母にどこかに行ってほしくなかった。

清良は泣きながら、母に縋《すが》った。

――行かないで。捨てないで。

それでも母と男は清良を振り払い、清良をひとり残してアパートを出ていった。清良は泣きながら、ずっと叫んでいた。喉が潰れて、声が嗄《か》れても。いくら清良が泣き叫んでも、母は戻ってこなかった。

騒ぎを聞きつけた近所の住人が通報をして、清良は母方の親戚に保護された。

見知らぬ大人たちに囲まれながら、まだ幼かった清良は悟ってしまったのだ。

この世の中には、叫んでも、泣いても、なにをしても抗《あらが》えない大きな流れがあると。

清良の母と実の父は駆け落ち同然で家を出たらしく、親戚の間でひどく評判が悪かった。子供を捨て、風俗関係で出会った男と逃げたとなると、さらに母を悪く言うものが増える。

親戚の中で『クズ』と呼ばれる母と血の繋がっている清良も、同様に醜いものとされ、忌み嫌われた。親戚中をたらい回しにされ、家族団らんの輪の中に入れてもらえず、いつも煙たがられる存在だった。当時の性格が暗く、かわいげがなかったのも災いしたのだろう。

「親戚の大人たちは、おまえの母は醜いクズだとか、毎日のように俺に言って聞かせた。そのせいで、俺は大好きだった母親のことが大嫌いになったし、自分のこともクズだと思うようになった」

親戚の人間たちによると、母は外見を利用して男を誑《たぶら》かしては金を巻き上げる悪女だったそうだ。子供の服には金を使わず、自分の服ばかり買って着飾っていたとも言っていた。

当時の清良はまだ幼くて、母以外の人間と話したことがなかったから、すべて鵜呑《うの》みにし、母を憎んだ。

いまの清良なら嘘だとわかる。母は仕事以外で着飾ることはなかったし、自分の食事より清良を優先させていたから、とても痩せていたのだ。

そこまでわかっていてもなお、いまも清良が母を憎んだままなのには理由があった。

清良が高校三年生になったころ、母が突然あの男を連れて、清良の前に現れた。母は男と再婚して、清良とまた一緒に暮らしたいと言った。六年ほどの月日が流れているとはいえ、母の美しさは変わらなかった。けれど、その母の態度がおかしかった。

「俺は高校に入ってすぐいまの友達と出会って、それなりに明るさを取り戻してたんだ。親戚の家が居心地悪いから、篤志の……友達の家にばっかり入り浸ってたけど、そいつんちは共働きの放任家庭だったから、なにも言われなかった。そのころから女の子と遊んで、お金をもらったりしてた。俺は順当にクズになってってたよ」

女性と適当に遊ぶことで、心の底で、自分を捨てた女性である母に仕返しをしていたのだと思う。寂しくて、ひとりでいられなかったという理由のほうが大きいかもしれないけれど。

「そんな感じで、俺がクズになっちゃってたからかな。高三のときに母さんと再会したら、あの人はおどおどびくびくして、ろくに俺の顔を見てくれなかった。すぐにあの男の背中に隠れて、めそめそ泣いた。そんなふうにするなら、戻ってこなければよかったのになぁ……」

くしゃりと顔を歪ませて笑えば、泰幸がやさしい瞳を揺らして言う。

「……っ、お母さんは、清良さんに会わす顔がないと思ってるんじゃないか。昔、ひどいことをしたのを後悔してて、そんなふうに……」

「そうかもしれない。でもさ、俺はショックだったよ。だって顔を見てくれないんだもん。しかも、そのめそめそしてる顔が俺にそっくりだから、もう見てられなくなっちゃって、俺は新しい家を飛び出して、ここで独り暮らしを始めたんだ」

再婚相手の男は金だけはたくさん持っているらしい。清良が一人暮らしをしたいと言えば、すぐに大きなマンションを買うと言った。けれどちいさいアパートでいいと断って、不動産屋にあった物件の中でも特に人気がなさそうだったこのアパートに決めた。

仕送りもたくさん振りこまれるけれど、それだけだ。いまの両親は清良の顔色をびくびくと窺《うかが》っているだけで、近づいて来ようともしない。

金が手に入るのだから幸せじゃないかと言う者もいるだろう。確かにそうだけれど、清良はもう、『家族』というものがわからなくなっている。

若い母の、『あんたがいなければよかったのに』という言葉が心の底に澱《おり》のように溜まって、消えなかった。自分なんて消えてしまってもいい、と心のどこかでずっと思いながら暮らしてきた。

話し終えて、清良が顔を上げれば、目の前の泰幸の頬に涙が伝っていた。

声も出さずに頬を濡らし、肩を揺らしている泰幸が愛しかった。自分のために泣いてくれる人がいるなんて、思ったこともなかった。

「俺は……清良さんのことが好きだ。清良さんはいらない子なんかじゃない。俺が必要としてるってこと、わかってくれよ」

泣き声混じりで言われる。

さらに震える身体にぎゅっと包まれて、大きな手のひらで背中を撫でられたら――もう、涙が濁流のように溢れて止まらなくなってしまった。泣いたことなんて、小学生の卒業式のあの日、母に捨てられた日からずっとなかったのに。

心の中の水面から水が溢れて、外にざぶざぶと流れていく。泰幸と清良が泣くたび、新しい水滴が落ちてくる。そうしていたら、水の底に溜まって消えない澱も、いつかは消える気がした。

ピンポーン、と高くて軽いインターホンの音で目が覚めた。

清良がふわりと瞼を開けば、すぐそばに泰幸の寝顔があった。それだけで胸がいっぱいになって、つい目を細める。

重く感じた瞼を指先で触れてみると、うすい皮膚が厚くなっている気がする。

きっと泣きすぎたせいで腫れているのだ。それに、二日酔いの朝みたいに頭が割れるように痛い。

うーん、と唸《うな》りながら目をこすっていたら、もう一度インターホンが鳴った。そこでやっと気づく。ここは泰幸の部屋だ。音は清良の部屋の方角から聞こえた気がする。

「あ、そっか、宅配便……！」

急に思い出し、がばりと上半身を起こした。「んん？」と泰幸が布団の中で寝惚《ねぼ》けた声を出しているのを横目で見ながら、昨晩脱ぎ捨てた服を手に取る。清良の服はボタンの多いシャツだったから、すぐに着られそうな泰幸の黒パーカーを頭から被った。

サイズが大きく丈が長いから、太ももの途中まで隠れる。これでよしと清良は玄関に向かい、ドアを開けて顔をだし、清良の部屋のドアの前にいる配達員に声をかけた。

「すんません、俺、そこの家の住人です。えっと、印鑑いります？」

「おはようございます。サインでも大丈夫ですよ」

手渡された箱の上の伝票に、さらさらとサインを書く。『吉井《よしい》』——いまだに慣れない、現在の父の持っていた苗字。

幸い顔見知りの配達員だったから、特に疑われることもなく荷物が受け渡された。中身は先日注文した新しいシーツだ。寒い寒い、と呟きながら泰幸の部屋に戻って、清良は口の端を上げる。

(早くまっさらなシーツで、泰幸と一緒に寝たい)

うんうん、とひとり頷いていたら、ぬっと背後に現れた泰幸が眉を寄せていた。

「うわっ！　な、なんだよ、音もなく背後に立つなよ」

「清良さん……まさか、その格好で宅配便の受け取りしたのか……？」

「そうだけど」

箱を置いてくるりと振り返り、泰幸の前で両腕を上げてみた。太ももと手はすっぽりと隠れるが、肩は余って泰幸が着るより全体的にだぼっとゆるいシルエットになっている。

「いや、脚が出てるし、その下全裸だろ？　やめてくれ」

泰幸が片手で顔を覆って、悔しげな声を出す。そういう泰幸も、全裸の身体に毛布を巻きつけただけの格好なのだが。

「でも宅配便の兄ちゃんは気にしてなかったよ。それに、俺の脚なんて別に減るもんじゃないじゃん」

「またそういうこと言う。誰だろうと見られたくないよ、俺は。清良さんの脚は綺麗なんだから、大事にしてくれよ」

ちょっと怒ったふうに言われて、はっとした。

そうか。泰幸は、配達員がどう思うかは関係なく、ただ他人にこんな恰好を見せてほしくないのだ。いままで清良の中に『自分を大切にする』などという考えはほとんどなかったから、そういう細かいことがわからない。

「んー、ごめん。今度から気をつける」

「そうして……あと、目に毒だから、その恰好」

泰幸がちらりとこちらを見る。恨めし気な視線だ。

目に毒――とは、見ると害になるもの、または、見ると欲しくなってしまうもの、の二種類の意味がある。泰幸に限っては、この場合後者なのだろうか。

（かわいいやつめ）

清良はくすりと笑って、太ももの上のパーカーの裾を摑んだ。すすす、と裾を上げ、肌色の見える面積を増やしていく。まったく日に焼けていない、男にしてはやわらかそうな真っ白な太ももを、脚の付け根ぎりぎりまで露出させた。

「欲しくなった？　泰幸」

数秒の清良の行動を食い入るように凝視していた泰幸が、はっと視線を上げる。耳が赤くなって、瞳も潤んでいる。

なんてわかりやすくて、嘘のつけない男だろう。さらに大きな身体を毛布で包んだ姿がへんてこで、かわいい。

泰幸の喉がごくりと上下したのを見たとき、清良はパーカーを脱ぎ捨て、正面に立つ泰幸に飛びついた。

そうして朝から抱き合って、身体中べたべたになってしまった。

泰幸はさっとシャワーを浴びてから午後のアルバイトに、清良もシャワーを浴びて泰幸が作っていってくれた炒飯を食べていた。

(瞼が、熱い……)

さっきも泰幸に散々全身を舐められて、気持ちよくってまた泣いた。不恰好に浮腫《むく》んだ瞼が熱くて、重い。

昨晩、久々に泣いたせいで涙腺が壊れてしまったのか、清良は快感に堪えられずすぐに火照った頬を濡らしてしまった。そのたびに泰幸が腫れた瞼を慈しむように唇でなぞって、耳元で何度も「好きだ」と囁いてくれた。

(俺も、泰幸が好きだ)

言われて、なによりもうれしい言葉。泰幸にも返したい。

けれど、喉に詰まらせたようになったまま、いまだに言えずにいる。

女性たちに挨拶《あいさつ》のような軽さで言ってきた「好きだよ」の言葉が、出てこない。

口先だけの言葉ではないとわかっているからかもしれない。清良は本当に、心から泰幸が好きになっている。

けれど頭の片隅に、絢の泣き顔が浮かぶのだ。

幼い清良が母の足元に縋って泣いている姿と、絢の姿が重なってしまう。絢も、泰幸とふたりだけの世界で生きてきたのだとわかってしまう。

じっとしていると変なことばかり考えてしまうから、清良はとりあえず動こう、と立ち上がった。食器の洗い物を終わらせて、泰幸の部屋の布団を干した。二時間ほどして取りこんで、クローゼットに仕舞おうと畳んでいたとき、ふと、太陽の光を存分に浴びた布団から泰幸の匂いがした。

（いい匂い。お日様みたいな、安心する匂い……）

干したてでやわらかいそこに身体を沈めて、くんくんと嗅いでしまう。

風呂上がりにまた泰幸のパーカーを借りたから、いまは全身泰幸の匂いに包まれているということになる。清良はごろごろと布団の上に転がりながら、その香りを楽しんだ。

ただでさえ重い瞼がもっと重くなって、清良が瞼の重力と格闘していたとき、外の階段を上がる音がした。

おそらく絢だろう、と清良は思った。先日と同じように、ゆっくりと一歩ずつ歩いている。

ぼんやりとその気配を感じていたら、なぜか、清良の部屋のインターホンが鳴る音がした。

「え、絢ちゃん？」

驚いて、慌ててドアの前に駆け寄る。音が聞こえたのか、廊下で絢が「あ、そっちか」とため息混じりで言っていた。

「絢ちゃん、ごめん、俺こっち！　ていうか、泰幸いないけど……」

「泰兄はバイトでしょ。昨日シフト確認したから知ってるよ。今日は、清良に用があって来たから」

「えっ」

なんだろう。絢がこちらのドアの前に移動したのに合わせて鍵を開けようとしたけれど、清良はいまの自分がまた泰幸の服を身に着けていることに気づいて、慌ててパーカーを脱ぎ捨てながら踵を返した。

部屋の端に畳んでおいてあった、昨日清良が着ていたシャツを手に取り、あわあわしながらボタンを留めていく。ぜんぶ留めると時間がかかるので、とりあえず上三段は抜かしてその他を留めた。

「はーいっ。おまたせ、絢ちゃん」

清良はそれからばたばたとドアに向かい、爽やかな笑顔で絢を迎え入れた。

室内に入った絢は立ったまま清良の顔から脚の先までをじっと見て、部屋も見渡してから、ふっと吐息だけで笑う。

「あ、絢ちゃん？」

「……ばればれだよ。そこに投げてある泰兄のパーカー、ついさっきまで清良が着てたんでしょ」

ぎくりと肩が揺れてしまった。含みのある視線は、清良と泰幸の関係すらも見透かしているように感じてしまう。泰幸と家族同然で育った絢だから、わかってしまうのだろうか。

なんで？　と首を傾げれば、絢は清良の胸元を指差して口の端を上げた。

「ボタン、掛け違えてるよ。急いで着たからでしょ？　それに、泰兄は脱いだ服をあんなふうに投げっぱなしにはしないもん」

誰かさんと違って、とずれたボタンを突きながら言われて、清良はやってしまったと頭を掻いた。下を向いて慌ててボタンをかけ直していたら、絢がぽつりと言う。

「……ごめんね」

ぱっと顔を上げれば、絢は視線を外して顔を赤くしていた。

「昨日、清良にひどいこと言ったから。今日は、それを謝りたくて……」

絢のちいさな声が、わずかに震えていた。

（俺に謝るために、わざわざ……？）

いつも気が強そうにこちらを見る瞳が、戸惑いに揺れている。気まずそうな態度もいじらしくて、清良は思わずその華奢《きゃしゃ》な身体を抱きしめたくなった。

「絢ちゃん、俺は全然気にしてないよ」

言いながら肩を掴もうと手を伸ばせば、びくん、と細い身体が大げさなくらい跳ねた。

「ご、ごめん、僕……」

そう気まずそうに呟いた絢が、今度は視線を下に落とす。数秒の沈黙。

清良の予想は当たらないでくれと思っていたけれど、もう、放っておけないと思った。清良はぱん、と手を叩いて、明るい声を出した。

「よしっ。絢ちゃん、寒かったでしょ？　なに飲む？　って言っても俺は泰幸みたいにおいしい紅茶とか淹《い》れられないけどね」

清良は腕まくりをしてシンクの前に立ち、絢に向かってウインクを飛ばす。絢は一瞬大きな瞳を見開いて、それからふぅ、とちいさく息をついた。

絢のリクエストはホットミルクだった。レンジであたためた牛乳に、絢の髪の色みたいな蜂蜜を垂らす。泰幸が以前こうしてくれたからと、見よう見まねでやってみたのは成功だったようだ。ちゃぶ台の前に行儀よく正座している絢にマグカップを渡すと、一口飲んで頬を緩めていた。

「かーわいい。絢ちゃんは笑ってるほうがかわいいよ」

思わず笑いかければ、絢はむっとしたように眉を寄せる。

「……やめてよね。僕のことすぐそうやって言うけど、全然本気じゃないくせに。清良って遊び人なの？」

「んー、現役は引退したけどって感じ？」

適当な答えが気に入らなかったのか、絢が唇を尖《とが》らせている。それから俯いて、静かになってしまった。

「ごめんごめん、絢ちゃん。もうかわいいとか言わないから」

「そうして。かわいいなんて、全然……本当にうれしくない」

「絢ちゃん……?」

「僕、かわいいのとかもう嫌なんだ。こんな見た目で生まれてきたくなかった……」

絢は顔を伏せ、マグカップを両手でぎゅっと握った。指先が震えて見える。手を伸ばしてやりたいのに、できないのがもどかしい。自分の役目ではないと思うからだ。

いつもは林檎《りんご》のような頬が、青ざめて見えた。

「絢ちゃん」

声をかければやっとちいさく瞼を上げた。絢は明らかに、なにかに怯えている。

「嫌だったら、言わなくていいからね。最近、俺以外にも、誰かにかわいいって言われたことがあった……?」

絢が驚いた顔をして目を逸《そ》らした。マグカップに触れる細い指先が、かたかたと震えている。もう見ていられず、震えるちいさな手をそっと手のひらで包みこんだ。絢がびくっとして、ホットミルクがとぷんと跳ねた。

「や……っ」

「平気だから。俺は絶対、絢ちゃんを変な目で見たりしない。だって、俺もわかるから」

「わかる……?」

絢が潤んだ瞳でこちらを見て、首を傾げた。

清良は、すこし前に体格のいい男に襲われかけたことを話した。思い出すだけでぞっとする記憶だが、とっくに傷は癒えている。

絢は静かに頷きながら聞いていたけれど、途中で耐え切れずに涙を流し、清良にしがみついてきた。そしてちいさく開いた唇から、震える声を出す。

「ぼ……っ、僕は、そこまで、ひどいことはされてない。けど、じめじめして気持ち悪くて……、こわい。叔父さんが……、僕を見てにやにやして、かわいいねって言って、肩に触ってくるのが嫌だ……っ」

絢は堰《せき》を切ったように話し始めた。最初は小声で、徐々に声は泣き声へと変わった。

絢が世話になっている親戚の叔父は最初こそ普通だったけれど、だんだんと様子がおかしくなっていったという。ピアノのレッスンのたび、背後から意味もなく肩や指先に触れてくるようになった。驚いて顔を見上げれば、叔父はなにもなかったように手を離す。

絢がなにも言わないのをいいことに、叔父は普段の生活でもことあるごとに絢に触れ始めた。おかしいと思う自分がおかしいんだと、絢は気にしないようにしていたらしい。なぜなら叔父は、ピアノの腕だけは一流だった。

叔父のことが気になりつつも、最近では泰幸とも週に何回か顔を合わせていたし、絢のピアノのレッスンは順調だったという。試験が近いので特訓をしようと叔父に言われたとき、絢はすこし嫌だったけれど、試験のためだと承諾した。一日中叔父とふたりきりでレッスンをする。叔父はここぞとばかりに絢に触れて、「かわいいね」と囁いた。

「僕の考えすぎかなって思ってた。正直、かわいいなんて言われ慣れてるっていうのもあったんだ。でもね、この前……、僕がいつもみたいにシャワーを浴びてたら、脱衣所で音がした。

気になってドアのほうに振り返ったら、うすく開けた隙間から、叔父さんがこっちを見てた……。驚いて声を上げたら、叔父さんは間違えたって、にやにやしながら言ってて……っ」

ぎゅっ、と絢の腕に力がこもる。抱きしめ返せば、ぐすんと鼻を啜《すす》って絢が続ける。

「気持ち悪くって、すぐに叔父さんの家を出て、ここに来たんだ。それが、この前……」

そんなときに清良が泰幸のエプロンをつけているのを見て、カッとなってしまったのだと絢は言う。

「昨日はそいつの家に帰った……？」

「うん……、でも、部屋に閉じこもって、呼ばれても出なかった。叔父さんが目を離したすきに飛び出してすぐここに来たよ」

震える細い指先を背中に感じて、清良の心がずきんと痛んだ。昨晩、清良が泰幸に縋って泣いている間も、絢はこの恐怖をひとりで抱え込んでいたのだ。

罪悪感が溢れてたまらなくて、絢の蜂蜜色の髪をやわらかく撫でた。

なんとか安心させてあげたくて、清良は絢に「もう大丈夫だよ」と囁いた。きっと本当に大丈夫だ。泰幸が黙っているはずはないし、悪いことをした大人はそれ相応の罪を受けるだろう。

高校二年生とはいえ、こんな純粋な子供のような絢に、性的な目を向ける大人が許せない。

絢は清良の胸で泣き続け、しばらくしてやっと震えが止まった。ひっく、としゃくり上げながら、泣きつかれた子供の声で言う。

「清良、ごめんね。僕、清良が羨ましかったんだと思う。綺麗だし……、なにより、泰兄に、好かれてる――」

「そうかな。俺はそんなに、羨ましがられるような人間じゃ……」

途中で泰幸の言葉が蘇って、口を噤《つぐ》んだ。自分を悪く言わないでほしい、という泰幸の願い。

清良はふ、と口の端を上げて、絢の髪を指先でさらりと梳《す》いた。

「絢ちゃん、もう安心していいよ。変なおじさんはやっつけられる。泰幸だって……絢ちゃんのことが大事だよ」

「本当に……？」

絢が、涙で濡れた瞳を上げる。

「本当だよ。俺は適当なことばっか言うけど……泰幸は嘘つかない」

少女と見紛《みまが》う顔つきに、少年特有の身体つき、透けるような白い肌。ひたむきな瞳はきらきらとして、純粋だ。

こんな絢にじっと見つめられたら――もしかしたら、その男以外でも、間違いを犯してしまう人間がいるのかもしれない。

知らない土地でひとり生きていくなんて、きっと難しい。

誰かに守られて、大切にされなくてはならない存在。そんな気がした。

「絢ちゃん、俺でよかったらまたいつでも話聞くよ。絢ちゃんかわいいから、チューくらいはしてあげる」

ウインクを投げながら言えば、絢は面食らった顔をしてから、呆れたように笑った。

「いらないし、かわいいって言うな！　もう……っ！」

「あ、笑えるようになった。よかった」

顔を指して言えば、とたんにまた泣きそうな顔になった絢が、ぎゅっとしがみついてくるのがかわいかった。


泰幸が帰宅したころにはすっかり日が沈み、窓の外は暗くなっていた。

ただいまー、とドアを開けた泰幸に、清良はしぃー、と指を立てた。絢は泣き疲れて、布団の上で眠っている。

泰幸に事情を説明すれば、凛々《りり》しい眉がみるみる歪んで、唇は悔しげに噛みしめられた。音もなく畳を叩いて、怒りを露《あらわ》にしている。

当然だろう。幼馴染が、セクハラを受けて泣いていたなんて聞けば、怒るに決まっている。ましてて、竹を割ったようにまっすぐな性格の泰幸だ。

「絢の親御さんに連絡する。その男、俺が先日連絡した時はへらへら笑って『どうしたんでしょうねぇ』なんて言ってたんだ。男なのにセクハラされてるなんて、絢は恥ずかしくて誰にも言えないだろうとタカをくくってたんだろうな。もう、絢は実家に戻るべきだ」

「でも……そしたら、絢ちゃん、ピアノ弾けなくなっちゃうんじゃ」

「ああ……」

泰幸が苦しそうに顔を歪める。

悩み始めてしまった泰幸の肩をぽんと叩いて、清良は「ごめん」と囁いた。

「いや、いいんだ。いつかは決着をつけなきゃいけないわけだし」

泰幸の言葉が、重く清良の胸にのしかかった。

結局泰幸は、絢の家に連絡をすることにした。それはそうだ、このままにしておくことはできない。清良もそれはわかっている。

けれど心の中の水面がぐるぐる渦を巻いて、ひどい胸騒ぎがする。胃の奥がぎゅっと痛むようで、清良は立ち上がり、台所で水を一杯飲んだ。

シンクの前で息をついていると、電話を終えた泰幸がこちらに近づいてきた。

「長かったね」

「ああ……とりあえず、絢のお父さんがここまで迎えに来ることになった。親戚の叔父さんに関しては、いま問い詰めてるところだろうな。絢の親御さんのことだから、たぶん、ただじゃ済まないだろう」

「そっか」

泰幸の顔が青白い。俯き加減の頬に汗が一筋滴《したた》って、かつお出汁《だし》の匂いのするシャツに滑り降りていった。

電話の内容は聞かないようにしていたので、清良には泰幸がなにを話したのかはわからない。

ただ、ずいぶん長い間話していたし、ずいぶん揉めていたようなのはわかった。

なにかある、と思ったけれど、清良には聞けなかった。

それから数時間して、絢の父親が到着した。新潟《にいがた》から最終の新幹線に乗り、タクシーを駆使してここまで来たのだという。

タクシーに乗りこむ前、絢が清良に駆け寄って両手を取り、「清良、ありがとう」と耳元で囁いた。泰幸が驚いて目を見開いていたのが、ちょっとだけおもしろかった。

暗闇に消えていくタクシーの後ろ姿を見送ったあと、どちらともなく手を繋いだ。

冬の夜の風が冷たい。胸にぐんぐん広がる嫌な感じも増すばかりで、泰幸の体温が恋しかった。

「清良さん……散歩でも行こうか」

「あ、俺もいま、そう思ってたとこ。気ぃ合うな、俺たち」

へへ、と笑って泰幸を見上げれば、泰幸が眉を下げて、苦しげに笑った。

見たことのない表情に、清良の胸がざわつく。泰幸の表情を心の中にコレクションするのは好きだけれど、こんな顔は、あまり見たくなかった。

先日も行った公園のベンチに座り、手を握ったまま、片手であたたかい缶を傾ける。清良はココアで、泰幸はコーヒーだった。

空に浮かぶ星はなにも変わらずそこにあって、やはり東京にしては綺麗に見える。

けれど泰幸の様子が、いつもと違う。普段から寡黙なほうではあるけれど、清良が話しかけても、ぽつりと返すだけで話が続かなかった。

清良はほぅ、と口から白い息を吐いてから、軽く切り出した。

「泰幸、絢ちゃんのこと、心配なんだろ」

「……いや、絢は、もう大丈夫だろう。叔父さんとは遠ざけられるだろうし」

「じゃあ、どうしてそんなに暗い顔してんだよ。泰幸」

「清良さん……」

泰幸がこちらを向いたら、やはり、辛そうな顔をしていた。清良をじっと見て、瞳をゆらゆらと揺らしている。

「さっき……、絢の両親と電話で話したとき、俺も一度一緒に帰って来てほしいと言われたんだ。来月に海外である試験にも同行してやってくれって。もちろん無理だと断ったけど、あっちはなかなか折れてくれなかった……。きっと、俺と会えなくなった絢がまた弾けなくなることを怖れてるんだ」

泰幸は、きっとやさしすぎるから迷っている。

ぎゅっと、繋いだ手のひらに熱がこもる。泰幸の戸惑いが伝わってくるようだった。

「いままでも何度かそういうお願いはあったけど、ぜんぶ振り払ってきたんだ。けど絢の将来がかかっている以上、もう、あっちもなりふり構っていられなくなったんだろうな。さっきは、俺の父親まで電話口に呼んできた。俺の親と絢の親は仲がいいから……それで、親父が『相手が絢くんなら、おまえがゲイでも家族として受け入れる』って言ったんだ」

「家族として……？」

清良のしらない、あたたかい『家族』。泰幸はほんの一年前までそこにいて、幸せに暮らしていた。その場所に、戻って来いと言っている。

「俺がこっちでちゃんと自立して大人になれば、いつかは絢のこととか抜きにして、親父も俺を認めてくれるんじゃないかと思ってたんだけどな」

「うん……」

「絢たちは今日は遅いから、こっちに一泊するらしい。それで明日の朝、俺を迎えに来るって……。俺の意見なんて聞いてもくれなかった。結局親父たちは、俺の気持ちなんて関係ないと思ってるんだ」

けれど泰幸は、それでも家族が好きなのだ。痛々しい作り笑顔を見ればわかってしまう。

『絢が相手なら家族として受け入れる』ということは、裏を返せば『絢でなければ家族として受け入れない』ということなのか。

じっとこちらを見て、泰幸がまっすぐな瞳で言う。

「清良さん、俺はここに残りたい。絢より、家族より、俺は清良さんが大切だから」

「泰幸……」

もう瞳は揺れてはいないけれど、苦しそうだった。絢や、両親や、妹たちを想っているのだろう。泰幸は、大事な家族を失う瀬戸際にいる。

(俺は……どうしたらいいんだろ)

清良には家族はいるけれど、形だけだ。実の子供を見てびくびく怖がる親なんて、すこしの温もりもない。

けれど泰幸の家族は、きっと本当はあたたかいのだ。だって、こんなにやさしい泰幸を育てた親なのだから。

何も言えずにいたら、泰幸が冷たい唇を重ねてきた。

コーヒーの味がして、あたたかいけれど苦いキスだった。

泰幸の部屋に戻っていつものように夕飯を食べて、シャワーを浴び、一緒の布団で寝た。

夜明け前、目が覚めた。

清良は泰幸が寝ているのを確認して、そっと布団から出た。

外に出て、合鍵で鍵をかける。

ドアを背にして振り向けば、群青色の空の下のほうが白み始めているところだった。

しばらく見つめていたら、空一面がうすオレンジの朝焼けに染まった。

(超綺麗。むかつくくらい……)

どんなに悲しいことがあっても、やはり世界は美しいのだ。

清良は眩しさに目を細めながら、滲む涙を拭った。

泰幸に、家族を失ってほしくない。

泰幸は「俺は清良さんが大切だから」と言ってくれたけれど、毎日のように「大切な清良ちゃん」と言っていた母に、自分は捨てられたのだ。

ずっと泰幸の大切な存在でいられる自信が、清良にはなかった。

4

清良《きよら》は自分の部屋に戻り、ベッドシーツを真っ白な新しいものに変えた。

せっかくだから、使ってみたかったのだ。

値段の割には肌触りがいいもので、清良はすぐに気に入った。

いままでの女性が残していった小物や、玲奈《れな》の残していったシャンプーなどをゴミ袋に詰めこんで、ゴミ捨て場に置いてきた。ちょうど、不燃物の日だった。

暖色系のものがなくなると、部屋がやけに無機質に冷たく見えた。彼女たちが清良の部屋に暖色を求めたのは、寂しかったからなのだろうか。

それからスマートフォンを取り出し、この数年間、一度もダイヤルしていなかった電話番号を表示させた。

こんな早朝に出るだろうかと思ったけれど、数コールですぐに懐かしい声が聞こえてきた。

清良が簡単に用件を告げれば、すぐに承諾してくれた。たった数分の通話だった。

次は窓拭きでもするかと思っていたら、隣の部屋のドアが開く音がした。すぐにインターホンの音が響いて、泰幸《やすゆき》が清良を呼ぶ声がする。

はーい、と答えて玄関に向かいドアを開けると、焦った顔の泰幸が言った。

「おはよう。いきなりいないから、何事かと思っただろ。……って、あれ……？」

ドアの向こうから清良の部屋の中を見て、泰幸が目を丸くしている。

「わかった？　ちょっとね、模様替えしたんだ。見る？」

「ああ、うん……おじゃまします」

靴を脱ぎ、綺麗に揃えてから泰幸が入って来る。清良がいつも泰幸の部屋に行くときに履いていた数足のサンダルも捨てたから、玄関もやけにすっきりとしていた。

泰幸はクッションの消えたソファに座り、あたりを見回して、はぁーと声を漏らした。暖色系に染まっていた部屋が急に真っ白になっていたのだから、当然の反応だろう。

「ずいぶん印象が変わるもんなんだな……ベッドシーツひとつで」

清良はベッドサイドに腰かけながら、ふふ、と笑った。

「だよね、俺も驚いた」

「清良さん、突然どうしたんだ？　こんなにすっきりさせて」

「うん……俺、そろそろ引っ越そうかなって思ってさ」

両腕を上げて伸びをしながら、天気の話題と同じくらい、さらっと言った。

水が流れていくみたいに、泰幸もさらりと流してくれないかな、と思ったけれど――やはり、そうはいかなかった。

泰幸が慌てて立ち上がり、ベッドサイドに座る清良の肩に触れる。

「えっ、なんだよそれ、いったいなんの話……っ」

「ここに住んで結構長いしね。それに、最近すこしはあったかくなってきただろ」

むしろ寒さはこれからが本番だというのに、そんなことを言う。

すらすらと、流れるように嘘が出てくる。

嘘がつけない泰幸と、嘘をつくのがうまい自分。これが本当の自分なんだと、清良は口の端を上げて言い聞かせた。

「な、なに言ってんだ、清良さん。まだ全然寒いし、それに、せっかく隣の部屋なのに――」

「だって泰幸は実家帰るだろ？　だから俺はもう引っ越してもいいかなって」

「え……？」

肩の上に乗った泰幸の指先が、びく、と揺れた。

顔を覗きこんでこようとするから、清良は必死で瞼《まぶた》を閉じた。泰幸のまっすぐな瞳を見てしまったら、もうなにも言えなくなってしまいそうな気がしたからだ。

「ち、違う、俺は帰らない、ここにいるんだって。昨日清良さんだって納得してくれたじゃないか」

「納得もなにも、俺はなにも言ってないよ？　泰幸は、絢《あや》ちゃんの元に帰ったほうがいいんだよ」

「清良さん！」

ぐっと両肩を掴まれて、しゃがんだ泰幸に顔を近づけられるのが気配でわかる。瞳の奥を探られるのがこわくて、ぎゅっと目を閉じたまま口先だけで笑った。

「出会って一か月ちょいの俺より、家族や絢ちゃんを大切にしろよ。な？」

「どうしてだよ。清良さんまで俺の気持ちを無視するのか？」

切なげな泰幸の声が悲しい。ずきんと胸が痛むのを、しらないふりをする。

「清良さん……、本当はそんなこと思ってないんだろ。俺のためを思って嘘ついてるんだろ……っ」

泰幸の手に力がこもる。強く掴まれた肩が痛いけれど、泰幸の胸のほうがきっと痛い。ひどく突き放すことなんてできない。適当に嘘をついて、はぐらかすことしか。

泰幸にはきっと、嘘がつけない、絢のような純粋な人間が似合う。

「俺は嘘つきのクズだよ。だけど……絢ちゃんは、いい子だな」

「え……?」

「あんないい子、ひとりにしておけないよ。泰幸が絢ちゃんのナイトなんだよ。もうそれは、絢ちゃんが泰幸の隣の家に生まれたときからの宿命なんだよ……きっと」

泰幸が息を呑む気配があった。清良は、思わず唇を噛んでしまう。

絢はああ見えてきっと、芯は強いのだ。ここ数日、絢と接してわかった。彼は謝ることもできるし、きちんとひとりで行動できる。泰幸がいなくてもきっといつか立ち直って、指先の震えを止めて、ひとりで歩き出すときが来るはずだ。

けれど泰幸の家族は、絢でないと駄目なのだ。絢のように才能があって、純粋な人間ではないと認めてくれるはずがない。

「だから……な? 泰幸……」

本当は、泰幸と離れたくない。

でも泰幸が自分のせいで家族を失うことになるのは、もっと嫌だった。

口を開く前に「無」になる。本当の気持ちは水の中に沈めて、自分をひとり殺す。親戚の家にたらい回しにされていた、中学生のころに得た技だ。

「さよならしよ。俺は今日のうちに荷物をまとめてここを出るから。さっき大家さんに話しに行ったらさ、すっげーさみしがってくれたよ」

覚悟を決めて、瞼を開けた。

なにも感じないようにしていたのに、泰幸が捨てられた子犬のような瞳でこちらを見ていて、心が一瞬揺れた。

見ていられず目を伏せて、その短い黒髪をくしゃくしゃと撫《な》でる。

「……嫌だ、嫌だ、清良さん……、嫌だ……っ！」

髪を撫でていた腕を取られ、立ち上がった泰幸に肩を押された。

ぎしりとベッドのスプリングが悲痛な音を立てるのが、泰幸の心のようだと思った。

「清良さん、嘘だろ？　俺は嫌だ、さよならとか。なぁ、ちゃんと話し合おう」

泰幸の低い声が辛そうに掠《かす》れて、耳の奥に届く。

こんなときなのに腰がぞくぞくするのは、泰幸の体温を感じているからだろうか。

ありふれた別れ話でじめじめとするなら、いっそなにも言わずに抱き合いたかった。

下から腕を伸ばし、泰幸をベッドの上に引き寄せた。倒れてきた泰幸の耳元に、精いっぱいの甘い声で囁く。

「そうだ……泰幸、俺のこと、めちゃくちゃにしてよ」

「清良さん……？」

「一生分抱いてよ。俺がこれから、寂しくならないように。……なんてね」

まるで淫乱な女の台詞《せりふ》のようだ、と内心苦笑する。

泰幸がびくりと肩を揺らした隙に、無理に体勢を逆転させた。首を振る泰幸の身体を上から押さえつけて、無理やり唇を奪った。

「ん、んん……っ」

きっとすぐに清良を突き飛ばすことができるはずなのに、泰幸はしなかった。誰よりもやさしい泰幸は、そんなことはできないのだ。

泰幸がなにも言えないように、唇で塞いでしまう。角度を変えるたび、深くなる口づけ。溢れた唾液が隙間から零《こぼ》れてとろりと顎を伝っても気にせずに、もうなにも考えたくなくて、清良は夢中で泰幸の咥内《こうない》を貪《むさぼ》った。

甘い吐息を漏らして唇を離して、すぐに頭を下にずらしていく。

泰幸の下半身はラフなスウェットだったから、簡単に脱がすことができた。泰幸の太ももに乗り上げて、股間に顔を近づける。まだ兆《きざ》していない性器をそっと両手で持ち上げて、根元から舌で舐《な》め上《あ》げた。

「き、よらさ……っ、待って……、駄目だっ」

ぐっと肩を押されるけれど、泰幸は絶対に手荒な真似はしない。それをいいことに、芯を持ち始めた茎を両手で撫でながら、先端にちゅ、とキスを落とす。頭上に熱い吐息を聞きながら、した。


熱い咥内に先端を招き入れた。

「清良さん……っ、あ……」

泰幸が肩を押す手に力が入って、同時に咥内のものがびくびくと脈打つ。愛しさで、清良の鼻の奥がつんと痛んだ。苦しさに気づかないふりをして、必死に口を動か
「っは、ぁ……、泰幸……、すごい。ここ、血管がどくどくしてる」

口の中で十分に育った泰幸の熱を口から離して、両手でぬるぬると弄《いじ》る。我慢しても漏れるような泰幸の吐息が色っぽくて、ドキドキした。ちらりと上目づかいで泰幸を見れば、泰幸はきつく眉を寄せ、目を細めている。

「清良さん、もういいから、下りて……、お願いだから」

「ん……、嫌だ。泰幸と繋がりたいから、俺……」

泰幸の先走りで濡れる自らの唇に、指先を当てた。二本の指を唾液で濡らすように、ちいさな水音を立てて舐めた。

目を見開く泰幸を尻目に、濡れた指先を自らの背後に持っていき、後ろの窄《すぼ》まりにぬるぬると塗りこむ。

「清良さん……」

「ん……っ、ん……、ぅん……っ」

泰幸の身体の上、くちくちと湿った音を立てて自ら後ろを探る。近くにあったハンドクリー

ムの滑りも借り、なんとか指を挿入した。ぎゅっと瞼を閉じているから、泰幸がどんな顔で清良を見ているのかはわからない。淫乱な男だと、軽蔑しているかもしれない。

二本入ったところで引き抜いて、はぁ、甘い吐息を落とした。

泰幸の顔を見ないまま、そっと腰を上げ、泰幸の足の間、硬くなった屹立《きつりつ》を後ろ手に摑んだ。位置を合わせて、後ろの孔《あな》にぴたりと宛《あて》がう。

「清良さん……っ、駄目だ、まだ無理だって……、ぅあ……っ！」

制止する泰幸の腕と声を無視して、ゆっくり腰を落とした。

狭い縁が泰幸の先端で開かれていく感覚があって、ぞくぞくした。ただ十分に解《ほぐ》れていないそこはすぐに悲鳴を上げ、それ以上の挿入には鋭い痛みが伴う。

「ひ、ぁあ……っ、泰幸……っ、ぁあ――……っ」

激しい締め付けに、泰幸も荒い息を吐いている。もしかしたら自分で感じてくれているのかと、清良はうれしくなって、痛みを無視してさらに腰を落とした。

初めて感じる身体が貫かれるような痛みに、清良は全身を震わせて耐えた。肌が触れ合う濡れた音がして、根元まで、ぜんぶ入ったのだとわかった。

身体の中が泰幸でいっぱいになったみたいな、激しい圧迫感がある。みっちりと咥《くわ》えこんだ熱がびくんと震えたから、清良はそのまま腰を上下に揺らした。

「んっ、ぁ、あっ、泰幸、泰幸……っ」

「く……っ、待って、清良さん、キツ、ぅあ……っ」

結合部からぬちぬちと湿った音がして、ひどくいやらしかった。泰幸のもので開かれた襞《ひだ》は、びりびりと痺《しび》れて感覚がなかった。腰を振りながらそっと下を見たら、繋がった場所から鮮血が垂れていた。

なにもかもに気づかないふりをして、ただやみくもに腰を使う。痛みに頭が真っ白で、快感はなかった。

そのうちに内部の泰幸のものがびくびくと脈打って、身体の一番奥に、泰幸の滴《したた》りを感じた。どくどくと注がれる感覚が腰を震わせて、その一瞬だけ、すこしの幸福感を得る。

はぁっ、と息を吐き、動きを止めた。

「泰幸……、気持ちよかった？　……泰幸？」

泰幸が気持ちよくなってくれればそれでいいと思ったのに——うすく開いた瞼の、細い視界の中の泰幸は、声もなく泣いていた。

ベッドに倒れこみ、顔だけを横に向けた肩を震わせている。腕で隠してはいるけれど、頬に伝う涙があった。

強姦《ごうかん》と変わらない行為をして、泰幸を傷つけた。急にその事実が清良の胸に迫って、息が苦しい。

清良は何度も「ごめん」と言いながら、ゆっくり腰を上げ、泰幸のものを抜いた。血の混じった精液が溢れて、泰幸の肌の上にとろりと滴った。

顔を近づけ、唇の下のホクロにキスをする。

きっと最後になるだろうから、めいっぱいやさしく。

「……泰幸、泣くなよ。なぁ俺、すっごい気持ちよかったよ。超いい思い出になった」

拭っても拭っても溢れてくる泰幸の涙を指先で掬いながら、清良も泣きたくなった。

(駄目だ……、泣いたら)

ここで泰幸に抱きついて、一緒に泣いてしまったら、もう離れられなくなる。

わかっていたから、清良はぎゅっと唇を噛み耐えた。

「嫌だ」と首を振る泰幸を無視して、はがしたシーツで濡れたところを簡単にふき取った。

清良も服を直し、泰幸のスウェットも元に戻した。白いシーツに赤い染みがついているのが見えないようにぐしゃぐしゃに丸めて、部屋の端に投げる。

「清良さん……嫌だ」

上半身を起こしても、俯いてそれしか言わない泰幸の耳元で、清良はそっと囁いた。

「泰幸、好きだよ」

「……え?」

「おまえが好き。でも俺が好きなのは、やさしい泰幸だから……絢ちゃんを見捨てるような泰幸は嫌なんだよ」

泰幸が瞼を開いて、困ったように眉を下げる。清良の好きな表情に似ていたけれど、どこか違う気がした。

「おまえの飯も好きだったよ。いつか泰幸が有名になったら、どこかでまた料理が見られるんだろうな」

「なぁ、俺のために、一度でいいから嘘ついてよ。絢ちゃんの元に行って、好きだって言ってあげて」

「清良さん……」

「清良さんの、ために……」

ひどい言葉で突き放すことはできない。だからこんなふうに、じわじわと追い詰めて、泰幸のやさしさにつけこむしかなかった。

「……清良さん、どうしてそんなに、普通でいられるんだ？　清良さんが俺を好きっていうのは、いままでの女性に対するものと同じなのか……？」

泰幸が悲痛な声を出す。

同じなはずがない。はじめて本当に人を好きになったのに。

清良は目を細めて、うすく笑った。クズ系男子と呼ばれる人間の、腕の見せ所だ。

それは清良が泰幸につく、最後の嘘になるだろう。

「うん。俺、クズだからね」

完璧にあっけらかんとした、軽い男の笑顔ができたと思う。

泰幸はぽかんとした顔をして――、それから音もなく、頭を伏せた。

「……そろそろ迎えが来るんじゃない？」

ベッドの上で動こうとしない泰幸の腕を強く引いて、叫ぶ。

「嫌いになりたくないから、行けよ。頼むから！」

声が震えないように大きく張ると、思いのほか大きな声が出た。

泰幸はびくりと身体を揺らして、それから諦めたように力を抜いた。泰幸の手を引いて、玄関まで連れていく。ドアを開け、しっかりとした肩をぐいぐい手のひらで押しやった。

「清良さん……っ」

「泰幸、ありがとな。……さよなら」

「清良さ……っ――……」

肩越しに振り返って名前を呼ぶ泰幸に笑いかけて、清良は強く背中を押すとドアを閉めた。

それからはどれだけドアが叩かれようと、名前を呼ばれようと、聞こえないふりをした。

清良はその場に蹲《うずくま》り、耳を塞いで耐えた。

騒ぎを聞きつけた大家がやってきて、なにか話していた。しばらくして絢の父親が到着し、彼も交えて泰幸を説得しているようだった。

数分し、静かになったドアの外から、カン、カン、とゆっくりと階段を下りていく音が聞こえた。

いつもの泰幸の足跡とまったく違う響きに、心臓が痛くなる。

清良はドアを開けて追いかけていきそうになるのを、腕を摑んで必死に堪えていた。

タクシーが走り去っていった音が聞こえて、固く閉じた瞼の裏の黒が、さらに真っ黒に塗り潰されていく感覚がした。

「泰幸、行っちゃった……」

自分から突き放したというのに、泰幸が大人しくタクシーに乗っていったことにショックを受けている。なんて馬鹿なんだろうと、口の端を上げる。

ドアを背にして、ずるずると座りこむ。

冷たく硬いタイルに触れた尻の奥が、じくじくと痛む。

けれどいま感じている胸の痛みのほうが、断然痛かった。

きっと泰幸も痛いだろう。傷つけたくなかったのに、どうしようもなかった。

なにも言わずに去ることも考えたけれど、きっと裏切られたと感じて泰幸はひどく傷つく。

だからうまく口で言いくるめて、泰幸のやさしさを利用するつもりだったのに――結局クズの顔を見せ、自分は泰幸を傷つけた。

信じていた人に裏切られる気持ちは、誰よりもしっていたはずなのに。

「う……っ、う、う――……っ」

奥歯を噛みしめても駄目だった。

喉の奥から嗚咽《おえつ》がこみ上げて、耐えられずに零れてしまった。

一度口から溢れた声は止まらず、瞳からもぼたぼたと熱い涙が落ちてくる。

肩を震わせながら、清良は胸元を両手で抑えた。

「ひっ、ぅっ、う……っ」

洪水を起こした心の奥の水面に、必死で蓋をする。

心無い大人に罵声を浴びせられたときのように、心を閉ざして、「無」になれば楽になる。いままでならこれでよかったのに、頭の中に悲しそうな泰幸の顔が浮かんで、いつまでも消えなかった。

(これが失恋、だとしたら――、苦しすぎるな……)

いままで清良が通り過ぎてきた女性たちも、こんな痛みを抱えていたのだろうか。

故意に傷つけたことはなくとも、彼女たちは確実に傷ついていた。

だとしたら、この痛みは当然の報いなのかもしれない。

ひっ、ひっ、としゃくりあげながら、清良はドアの前で蹲り、ごめんなさい、と呟いた。

清良がこの世界に振りまいた、嘘の「好き」に対する懺悔《ざんげ》。

(でも、泰幸に言った『好き』は、嘘じゃない……ぜんぶ、本当だったんだけどな)

本当の好きだったけれど、裏切ったのだ。

うああ、とみっともなく、声を上げて泣いた。

泣きながら、清良は思っていた。

これでよかった。

泰幸が絢に初めてついた嘘は、きっといつか本当になる。

真面目な泰幸はいつか、純粋な絢を愛するようになる。家族も、そんなふたりだからこそ変わった愛の形を受け入れる。

美しいふたりは、ありふれた幸せな物語になる。

さしずめ清良はその物語に出てくる、よくいる悪役の中のひとりだったのだ。

（それだけの話なのに……）

出番を終えた悪役は、去らなくてはならない。けれど指の隙間から涙がぼたぼたと零れて、止まらない。

だから清良は、いまだけ悲劇の主人公にさせてください、と祈った。

都心に立つ高級マンションの最上階。

清良が数年ぶりに足を踏み入れた部屋は、以前となんら変わっていなかった。

エントランスで部屋番号を押せば、スピーカーから昔と変わらない母の声で「上がってきて」と聞こえた。開いたドアをくぐり、エレベーターに乗りこむ。鏡で自分の顔を見ると、まだ瞼が腫れて、ひどい顔をしていた。

肌も髪もいつもより荒れて、普段の輝きがなかった。ぱさついた髪を手櫛《てぐし》で梳《と》かそうとして、やめる。何年も子供の顔をまともに見ていない母親には、そんなことは関係ないだろう。

ぴかぴかに磨かれた廊下を歩く清良の足音さえも上品で、性に合わない。古いアパートの廊下が恋しくなってきたころ、両親の住む部屋の前に着いた。

インターホンを押す前に、ドアが開いた。

「清良……」

開け放たれたドアの向こうに、数年前と変わらない姿の母が立っている。十年以上前、清良とふたりだけだったあのころとは違うけれど、それでもやはり美しかった。

後ろには義父《ちち》もいて、こちらを目を細めて見ていた。数えるほどしか会話をしたことがないのに、声も姿も、完全に覚えていた。

目を背けたくなる相手にわざわざ会いに来たのは、清良なりのけじめのつもりだった。

義父の金で借りていたアパートを引き払い、自分の稼いだ金でアパートを借りたい。アルバイトを始めるから生活費の援助ももうしなくていいと、それだけを伝えられればよかったのだけれど、泰幸を突き放した報いは受けなくてはならないと思ったのだ。

「……久しぶり。あのさ、俺」

できたら玄関先で話を済ませたいと思っていたのに、そこまで言ったところで母が義父の背中にさっと隠れるようにしてしまった。ちらちらとこちらを見ているものの、やはり母はきちんと自分を見ようとしない。清良は思わずむっとして、こうなったら嫌がらせだと、部屋に入ることにした。

靴を脱ぎ捨て中に上がり、促されて大きなソファの真ん中に腰かける。

ふたりも座るのかと思ったら、その近くで立ち止まってなにか小声で揉めていた。義父が母の背中を押し、顔を赤くした母が「やめて」などと言っている。

痴話喧嘩を見に来たつもりはない。清良はとん、と軽くスリッパで床を叩いた。

「ほら、清良くんが待ってるんだから……な？」

温厚な見た目の義父の口調は低くやさしくて、どこか泰幸に似ている気がした。からっぽの胃がぎりぎりと痛んで、清良は思わず片手で腹を押さえた。

「……っ、清良ちゃん、お腹痛いの？　大丈夫？」

「……へ？」

母が思わずといったふうに呟いた一言に、清良はぽかんとした。

清良ちゃん。確かに昔はそう呼ばれていた記憶があるけれど、ここ数年はそんなふうに呼ばれたことはなかった。絶句していると、はっとして顔を赤くした母が、軽く俯いて言った。

「かわいい子には、ちゃん付けしたいじゃない……。でも清良ちゃん、またかっこよくなったみたい」

恥ずかしそうに言って、また義父の後ろに逃げてしまう。

困った顔で笑った義父が、清良を見ながら頭を掻いた。

「ごめんな、清良くん。彼女……ずっと照れてるんだよ。数年ぶりに会ったら、清良くんがかっこよくなっちゃってたからね」

「へ……」

開いた口が塞がらないとはこのことだった。

母が少女のようにもじもじしているため、なかなか話が進まなかったけれど、要約するとこういうことらしい。

高校三年生の清良を迎えに行ったら、思った以上にかっこよく成長していて、母はどうしたらいいかわからなかったという。母の中の清良は、小学校の卒業式のあの日のままだった。憎まれているのは覚悟していたけれど、容姿の変化までは想定していなかったらしい。

「だ、だってあのとき、そんなこと……一言も……もっとあのとき、説明してくれたら」

そう言いかけて、清良は思い出した。高校三年生のあの日、清良は母が自分に怯《おび》えていると思った瞬間、取り付く島もないほど逆上して、ろくに話も聞かなかったのだ。つっけんどんな態度を取り、新しい部屋に籠《こも》った。それは自分の心を守るためで、仕方がなかったのだけれど。

「……清良くん、謝ってても許してはもらえないだろうが、もう一度謝らせてくれ。申し訳なかった」

義父が頭を下げて言った。母も頭を下げる。やめろって、と止めるとやっと顔を上げた。

そのあとは、母が泣きながら、昔の話をした。

清良を残して去ったのは、昔の自分が若かったからだと言った。誰よりも愛する息子である清良が部屋に閉じこもり、外の世界を見ようとしないのは自分のせいだと嘆いて、それでおかしくなってしまったのだという。心が病気になってしまったのだ。

母は自分が消えれば、清良も外の世界に目を向けると思った。だから祖父に預けた。

母の父親である祖父は唯一母を理解しようとしてくれて、やさしかったのだという。しかし、清良を預けてすぐに祖父は亡くなってしまった。唯一の味方だった祖父がいなくなり、清良は親戚の元で不遇な目に遭うことになる。しかし親戚はその事実を隠したため、母には伝わっていなかったのだ。

祖父が亡くなったことも、母がそんなふうに考えていたことも知らなかった。

（同じ……）

結局は母も、清良と同じだと思った。好きな人のために嘘をついて、裏切って、遠ざけた。

いまの義父と一緒になった母は病院に通い、清良が高校三年生になったころ、ようやく病気を克服したという。

「でもまだ、ちょっと不安定でね。少女気分が抜けないいんだよ」

それ以外は普通、と言って義父がやさしい顔で笑った。母もくしゃりと表情を崩し、子供みたいな顔で笑う。

ふたりは、こんな顔をしていただろうか。

相手を見ようともしていなかったのは自分だったのかもしれない、と気づいて、清良は恥ずかしさに顔が熱くなる。

「清良ちゃん、瞼が腫れてるわね。お肌も髪も、荒れてるみたい……なにかあったの？」

母が心配そうに言う。そっと瞼に触れてきた母の細い指先は、あたたかかった。いつかの香水の匂いはしなかった。

まだ正面から受け入れることはできないけれど、きっと、家族になれる気がする――そんな家庭の匂いがした気がした。

清良は新しいアパートが決まるまでの間、義父の所有するマンションの部屋を使わせてもらうことになった。

とはいえ、もともと清良のものとして用意されていた部屋だ。高校三年生のときはすぐに篤《あつ》志《し》の家に逃げこんでしまい、ほとんど使うことはなかった。数年ぶりに中に入ると、当時の清良の荷物がそのまま残され、まったく変わっていなかった。自分の存在を忘れられていなかったことが、すこしうれしかった。

清良は新しい部屋に移ってすぐ、まずはシーツの洗濯をした。

「落ちない……」

白いシーツに残ったうっすらとした染みは清良の気持ちみたいに、何度洗っても落ちない。

清良は部屋を使うことを両親に承諾してもらったあと、もとのアパートに戻り、あまり多くない荷物をまとめたのだ。部屋の端に、ぐしゃぐしゃと投げ捨てた白いシーツも持ってきた。ゴミ袋に詰めこんで捨てようとしたけれど――どうしても、清良は捨てられなかった。両親のマンションに持ちこんで洗ってみたものの、乾いて時間のたった血の染みはしつこく、落ちなかった。

泰幸の熱を受け入れた身体の奥に残った傷は、もう消えたようだった。数日はじくじくと痛んで清良を苦しめたけれど、癒えてしまうとそれはそれで、すこし寂しかった。

「未練がましいな……俺。残った傷がうれしいとか、病んでる」

独《ひと》り言《ご》ちて、うすく笑った。

初めて好きになった人なのだ。しばらく未練は続くし、きっと泰幸のことは一生忘れることはないだろう。

それでいいと思うけれど、どうしてもまだ、胸が苦しい。

今日で泰幸が実家に戻って、一週間ほどになる。

清良は電話番号も、メールアドレスも変えた。転居先も告げていないから、当然泰幸からの連絡はない。

荷物を運ぶ際に一度だけアパートに行ったけれど、泰幸はいなかった。ほっとして、それから切なかった。

大家にそれとなく聞けば、あれから泰幸は帰っていないという。きっとしばらくして落ちついたら、部屋を引き払いに来るのかもしれない。実家の泰幸の部屋はそのままになっていたようだから、持っていく荷物は必要最低限ですんだのだろう。

きっと大家は絢の父親と話していたから、事情はすべて聞いているのだ。皺《しわ》の目立つやさしい目で清良を見て、なにも言わずにぽんぽんと肩を叩いてくれた。大家とは数年のつき合いで、引っ越すとなると彼女ともう会えなくなる。清良は寂しくて、大家に慰められながらすこし泣いたのだった。

いつでも連絡ちょうだいよ、と言ってくれたので、清良は何度か大家に電話もした。世間話のついでのように泰幸のことを尋ねてみるが、やはり連絡はないそうだ。

（はぁ。こっそり探り入れるとか、女々しいにもほどがあるよな……）

泰幸は大学はどうしているのだろうとか、絢の試験はどうなったのかなとか——ベランダから空を見ながら、そんなことばかりを考える自分が嫌だった。

ふと、絢のボーイソプラノの声が頭の片隅に蘇《よみがえ》る。

——ディートリヒ先生の門下生にしてもらいたいんだ。

その先生がドイツで行う試験に合格したい、と言っていたはずだ。清良ははっとして、インターネットで検索をする。

（ええと……ディートリヒ・アル……なんだっけ。くっそ、ドイツ語の単語ややこしい……っ）

清良がとんとんと指を鳴らしたとき、ふいに、ぱちん、頭の中で絢の声が弾けた。

——ディートリヒ・アルムホルト先生！

彼の試験がいつ行われるか、検索をしてわかった。明日だ。とすると、もう絢は泰幸とともにドイツに飛んでいるだろう。泰幸はいま、日本にいない。

念のため、アパートの大家に電話して確認をする。泰幸の姿はずっと見ていないという。

清良は思い立った瞬間に準備を始め、すぐにアパートに向かった。

（……最後に一回だけ、泰幸の部屋を見たい。それですっぱり、未練を断ち切る）

帰ったら、染みの残った白いシーツも捨てる。

泰幸のいない部屋を見たら、すべての諦めがつく気がした。

日本に泰幸がいないとわかるいまだから、すこしの可能性に期待しなくて済む。

久しぶりに見たアパートの、古ぼけた白い壁が夕陽に染まっていた。

階段をゆっくり上がり、泰幸の部屋の前に立つ。未練がましく捨てられなかった合鍵を使い、ドアを開ける。

キィ、と古いドアが軋《きし》んだ音を立てるのが、すでに懐かしい。

ドアの向こうの見慣れた光景――、けれどその中に、泰幸の姿だけがなかった。

開けっ放しの窓から夕焼けが落ちる部屋は、オレンジに染まっていた。

いつものちゃぶ台に、座布団に、部屋の端に敷きっぱなしになっている布団に、部屋にあるものすべてが燃えるようなオレンジだった。

(綺麗……)

眩《まぶ》しくて、目が眩《くら》みそうだと思った。目元に片手をかざし、靴を脱いで中に入る。

台所に立つ泰幸が笑顔で振り返る幻は、すぐに消えた。

あの日の泰幸は、きっと慌てて準備をして出ていったのだろう。珍しく開いたままのクローゼットが荒れていた。見覚えのある箱の中には、ピンク色のローションと、コンドームがそのままになっている。

「泰幸、なにこんなの、出しっぱなしにしてんだよ……。万が一、荷物を取りに来た親父とかが見たら、ショック死しちゃうんじゃないの……?」

くく、と肩を揺らして、片付けてやろうと手に取る。すこしだけ量の減ったローションボトルがとぷんを音を立てた瞬間、これが自分に見つかったときの気まずそうな泰幸の顔を思い出してしまった。

ひっ、と喉が鳴るのを、奥歯を強く噛んで我慢する。

けれど、ローションだけではなかった。部屋にあるなにもかもが、泰幸との日々を思い出させて仕方なかった。

よく観るからと、泰幸の部屋に持ち込んでいた清良の好きな映画のＤＶＤ。何度か借りた大きめのパーカーや、タオルもそのままになっている。

清良が心の中で何度もシャッターを押したせいだろうか。頭のなかに、切り取った瞬間がいくつもある。泰幸の顔が次々に浮かんで、止まらなくなる。

部屋の匂いもいけない。懐かしいような香りが部屋を満たしたままで、清良の胸を締め付けた。

ありふれていて、平凡だけれど、幸せな時間だった。

（一秒でもいいから……）

清良は諦めに慣れていた。願っても、泣いても、なにをしても別れは必然で、自分の力ではどうにもならない。世界の強大な流れには逆らえない。

けれどいま、一秒だけでいいからあのときに戻りたいと、願ってしまった。

いままでたくさんのものを諦めてきたけれど――、泰幸だけは、どうしても欲しいと願ってしまった。

（いまさらにもほどがある。馬鹿みたいだよな、自分から、突き放しておいて……っ）

ごとんとボトルを落として、清良はその場に蹲った。両手で顔を覆い、涙を必死で我慢する。

泰幸に、嘘ではなく、心から好きだと伝えたかった。

好きだと言ってくれて、ありがとうと言いたかった。

(もっと素直に、なれればよかった……泰幸、ごめん……)

ふと、部屋の中で光が揺れた気がして、顔を上げた。

視線を向けた先、玄関横の小窓からも赤く燃えるような光が差している。

涙で揺れる視界の中、その光が綺麗だと思った。

いまもどこかで悲しいことが起きて、誰かが泣いているだろう。

けれど、世界は美しいと思った。

この世界のままに流れて、生きていけばきっといつか、泰幸のような人間に、また会えるだろうか――。

清良がそう思って涙を拭った、そのときだった。

「――……ただいま」

ドアが開いて、さらに眩しい光が部屋に差しこんだ。がさがさという聞きなれたビニールの音。同時に聞こえてきた声は低くて、ひどく耳触りがいい。

逆光で黒い影になっているけれど、ここにいるはずのない人物が玄関に立っている。

また幻だろうと思って目を凝らして、それから、清良は肩を震わせた。

「清良さん、ただいま。そんなとこでなにしてんだ？　いまから夕飯作るから」

「……っ、泰幸……？　なん、なんで、幻じゃない……？」

嘘だ、と思った。泰幸は絢と試験のためにドイツに行っているはずだ。

都合のいい幻を消したくて、清良は瞼を固く閉じた。

瞼の裏が夕陽で赤くて、熱かった。そこにじわじわと涙が滲《にじ》んで、瞼を閉じてもなお、溢れてきてしまう。蹲って膝を抱いていたら、頭の上にぽん、と大きな手のひらが乗った。

「清良さん、幻とかじゃないから。こっち見て、顔上げてくれよ」

「うっ、嘘だ、嫌だ！　俺をからかうな……っ！」

「なに言ってるんだよ、もう」

笑いまじりに言って、ふぅ、と息を落とす音がした。

それからすぐに、オレンジに染まっていた瞼の裏が、ふっと暗くなる。驚いてうすく開いた瞼の隙間に、泰幸の顔が見えた。

「え……？　……っん……」

それから唇に、あたたかいものが重なってくる。ぴたりと触れて、すぐに離れた。

幻ではないと、すぐに実感した。けれど、どうして――。

「泰幸……？」

「そうだよ」

「な、なんで……っ、おまえ、絢ちゃんとドイツ行ったんじゃ……」

瞬《まばた》きを何度も繰り返しながら言えば、目の前にいる泰幸と思われる男が眉を下げて、困ったように笑った。

「最初は、行こうと思ってた。でも……やっぱり、俺は絢に嘘がつけなかったんだ」

泰幸はぽつりと呟いて、苦笑する。

「清良さんの言葉を聞いて、確かに絢はあんなことがあって不安定だし、誰かが隣にいないと駄目だと思ったよ。それに、清良さんが平然とさよならって言うのを見て、俺は清良さんのいままでの女性と同じ存在で、ただの通過点だったんだなと思ったりしたから。けど……」

言いながら泰幸が、やさしく瞼にキスをした。するとそれを合図にしたように、堪えていた涙がぽろりと零れてしまう。

「呆然としたまま実家に連れ帰られて、親父に促されるがままシャワー浴びてたら、俺の腹に、乾いた血がついてるのを見つけたから」

「あ……」

白いシーツに残る、赤い染みを思い出す。すべてふき取ったつもりだったけれど、手が震えていて、うまくいかなかったのかもしれない。

「清良さんの血だってすぐにわかった。あのとき無理に挿入したから、傷ついたんだって。そういえばローションも使ってなかったし、初めてだったわけだし、清良さんが気持ちいいはずなんてなかったのに……。清良さんが自然に気持ちよかったなんて言うから、うっかりだまされた。あれは演技で、嘘なんだって気づいたら、やっぱり清良さんは、俺のために嘘ついてるんだって思った――」

一筋流れた涙を指先で掬われて、ひくんと喉が鳴る。

「だから絢に、気持ちはうれしいけど、どうしても応えられないともう一度伝えた。清良さんのことが好きだからだって正直に伝えたよ。両親にも、妹にも」

「な……なにしてんだよ……、馬鹿……っ」

そんなことをしたら、自分が身を引いた意味がない。清良は泰幸の広い胸をどんと叩いて、勢いよくかぶりを振った。

「せっかく、認めてもらえるチャンスだったのに、なんでだよ……っ。泰幸は、家族と会えなくなってもいいのかよ……っ！」

泰幸は荒れた拳を受け止めながら、「ごめん」と呟いた。

「俺を想って嘘をついた清良さんの気持ちは、うれしかった。けど、実家に帰ってゆっくり周りを見たら、家族のことは大丈夫だと思ったんだ。親父は頑固だし、考え方も古いけど、たぶん……親父なりに、俺を許す口実を探してくれてたんじゃないかと思ってる」

泰幸の父親は、長男で一人息子の泰幸がゲイかもしれないと知ったとき、相当困惑したらしかった。悩むうちに心配が怒りに変わり、感情的になって泰幸を追い出した。けれど泰幸がいなくなり、冷静になってみると、後悔が出てきた。もうすこし話を聞いてやればよかったと、母親に零していた。そんなときに、絢には泰幸が必要だと聞き、父はそれを泰幸を許すきっかけに使ったのではないかと、泰幸は言う。

「もちろん俺が勝手にそう思ってるだけで、まだ両親は納得してなかったけど……清良さんのことを知ってもらえれば、いつか絶対わかってくれるときがくるはずだから。そのうち清良さんもうちの家族に会ってほしい……駄目か？」

ちらりと泰幸が顔を覗きこんでくる。急に突飛なことを言われ、清良は頭がくらくらした。

「だ、駄目とか、そういうことじゃなくってさ……」

泰幸が戻ってきてここにいるというだけでも信じられないのに、泰幸の家族に挨拶するなど、とても想像できない。

頭を抱えていると、ふと、絢のことが脳裏に浮かぶ。そうだ、絢はどうしているのだろう。

「あ……絢ちゃんは？　ひとりでドイツに……？」

「ドイツには、絢の母親とうちの妹がついて行ったんだ。上の妹は海外留学を希望してたから、パスポートも持ってたしな」

「妹ちゃんも……？」

「ああ。一週間程度の予定でちょうどいいから、海外に慣れたいって長女から希望してきたんだ。妹も絢と幼馴染だし、心配なのかもな。……妹は俺がゲイだって知って、俄然張り切ってた。お兄ちゃんは頼りにならないから、わたしががんばっていい男見つけて婿入りさせるとか言って……うちの妹たちって、気が強いんだよな。ありがたいけど」

「あぁ……」

いかにも泰幸は女が強い家庭の兄である。尻に敷かれている様子が想像に難くない。

「絢は、俺の言葉を聞いて泣いてたけど……でも、納得してくれたと思う――」

嘘をつけない泰兄が好きだからと、絢は言った。それに、ひどいこともたくさん言ったのに、自分を励ました清良がいい男で悔しいとも。「自分も試験を成功させて、泰兄や清良以上の人を見つけてやる」という気持ちで最後のレッスンを地元でして、ドイツに発ったという。

「絢ちゃん……」

「まだ本調子ではなさそうだったけど、だいぶ回復してた。いつの間にか、絢は成長してたんだな。親戚の叔父さんの存在が、絢の指を動かなくさせてたところもあったみたいだ」

絢を悩ませていた男は、絢の父親から絶縁を言い渡された。もう二度と絢に近づかないことを条件に、今回のことは訴えないという話でまとまったのだという。清良はほっとして、胸をなでおろした。

泰幸が久しぶりに聞いた絢のピアノ演奏は、素晴らしかった。

絢のことを語る泰幸の瞳はきらきらして、口調は誇らしげだった。最初からずっと、自慢のかわいい幼馴染なのだ――きっと絢からすれば切ないことだけれど。

「清良さん。だから、もう絢も家族のことも、きっと大丈夫だ。俺は嘘をつかなくてもよくて、それで、俺は変わらず清良さんが好きなんだ」

泰幸がこちらをじっと見ていたと思えば、その瞳がひどく愛おしげに細められていく。

（なにが……起きたんだ。急に）

未練を断ち切ろうと泰幸のアパートに来て、めそめそしていたら、突然泰幸が現れて――、それで、自分に好きだと言っている。頭の中で、処理が追いつかなかった。だいたい、どうして泰幸がタイミングよくここに来れたのか。

　ぐっと顔を近づけてくる泰幸の目の前に、マテをさせるように手のひらを出す。

「やす、泰幸、ちょっと待て。なんで、おまえ、俺がここに来たってわかった？　大家のおばちゃんの話じゃ、全然顔出してなかったって……」

「あぁそれは、俺が大家さんに頼んでおいたんだ。俺は三日前からここに戻ってきてたけど、言わないでくれって。それで清良さんがもしここに来たら、いつでもいいから連絡してくれって。ちょうど買い物に出てたから、飛んで帰ってきた」

「嘘……、じゃ、なんで、クローゼットが荒れて……」

「ああ、これ、ちょっと出して、思い出に浸ってたんだ」

「そんなの、ありかよ……」

　まさか大家がグルだったとは。清良は続いて泰幸の言葉を聞き、かっと頬に熱が回ってしまった。

「清良さん。清良さんがたまに大家さんに俺のことを聞く電話かけてくるって、俺がいなくなってものすごい寂しそうって聞いて、たまんない気持ちになった……」

「ば……、馬鹿、ちが……っ、だって、俺は……」

　なにか言い訳をしたくて開いた唇は、もごもごするだけで続きが出てこなかった。さっと横を向いたのに、泰幸が視線を合わせようとしてくる。そっと頬に手のひらが添えられて、逃げられなくなった。

「俺は？　清良さん、なに」

「俺は――……っ、俺、は……」

　潤みきった瞳の奥を覗かれて、どうしようもなくなった。泰幸の視線がやさしくて、ぶわりとさらに溢れるものがあった。やはりすこし前に、涙腺がおかしくなってしまったのだ。

「な、言ってくれよ、清良さん。嘘じゃなくて、本当のこと」

「言っても、いい……っ？　俺のこと、わがままなやつだって思って、捨てない……っ？」

　ぐしゃぐしゃの瞳で泰幸を見て言うと、ぐっと喉を詰まらせた泰幸が痛いくらいに抱きしめてきた。

「捨てるわけない。なんでもいいから、本当のこと言ってよ……清良さん」

　悲しいことばかりに溢れた世界で、自分の願いなど叶うはずもないと思っていた。母に捨てられたあの日から、願うことをやめた。

　けれど、いま――、目の前にいる、泰幸が欲しかった。

　どうしようもなく欲しくて、誰にも渡したくない。

「……泰幸が、好き……」

　性別とか、世間体とか、家族とか幼馴染とか、そんな泰幸との間にあるすべてを忘れて、わがままに泰幸を求めたかった。

「俺、泰幸が欲しい。泰幸と一緒にいたい。泰幸の飯がまた食いたいし、おまえのこと、ひとりじめしたい。俺のこと……っ、愛して、欲しい――……っ」

口に出したら、堰《せき》を切ったように止まらない願い。愛なんて単語が自分の口から出てくるなんて、思ってもみなかった。なんて欲深いんだろうと、清良は恥ずかしくなる。

すぐそばにある泰幸の顔に手を伸ばして、ぺたりと頬に触れた。

「ごめん、わがまま、言って。でも俺……、こんなこと言うの、はじめて……っ」

我慢していた涙がぼたぼたと零れて、泰幸の顔をぼやけさせる。ちゃんと見たくて目を凝らせば、泰幸はこちらを見て、特別に甘い顔で笑っていた。

「ありがとう、清良さん。その願いって、すぐにでもぜんぶ叶うよ」

こんなに簡単でいいのかと戸惑ってしまうくらい、あっさりと泰幸は言った。

贅沢《ぜいたく》だと思われた願いは、泰幸からすれば、そうでもなかったらしい。

「どこもわがままじゃないし、本当にそれだけでいいのか？　もっとなにかあったら言ってくれよ」

「ん……っ」

伸びてきた長い腕が蹲った清良の身体を引き寄せて、ぎゅっと抱きしめられた。重みが心地よくて、吐息が漏れた。濡れた頬を泰幸の厚めの唇でなぞられて、耳元にずれた唇で急に低く囁かれる。

「俺も清良さんのこと欲しいし、あげたい。もういいってなるくらい、愛してあげたい」

「……っ、……」

「俺も、清良さんが好きだ……」

それだけで、ぞく、と腰が疼《うず》いた。身体の芯がとろりと溶けるような、甘い感覚に襲われる。泰幸と別れて過ごした数日間、清良は一度も自身に触れなかった。そんな気分にならなかったし、尻の奥の傷が痛んで、泰幸を思い出すのが辛かったからだ。

なのに泰幸を感じた瞬間、隠していた欲望がむくむくと湧き上がって、もう苦しい。

泰幸も、そうなのだろうか。すでに切羽詰まった声を出し、耳元で聞こえる呼吸も荒かった。膝立ちで清良に身体を寄せる泰幸の熱が脚に触れているのに気づいて、ひどく心が揺さぶられる。

「や、すゆき……っ、俺に、触ってよ。ぐちゃぐちゃにしろよ……、俺、欲求不満でもう死にそう。お願いだから、触って」

興奮で舌がもつれて、うまく声が出ない。ひどく震えて上擦《うわず》った清良の願いを聞き、泰幸は面食らった顔をして、それから真っ赤な顔で俯いた。

「……っ、清良さん。やっぱり想像の数百倍、綺麗でエロい。どうしよう、俺……」

「も、いいから、早く。泰幸、泰幸……っ」

清良はむずがる子供みたいにそう言って、腕を伸ばして泰幸を畳の上に押し倒そうとした――のだけれど。

「あぁ、もう――……っ！」

大きく声を上げた泰幸が、ぐんと腋の下に腕を伸ばしてきた。持ち上がったところで尻の下に手を入れられ、子供のように抱き上げられた。え、と思う間もなく敷きっぱなしになっていた布団の上に、やや強引に押し倒された。

「清良さん、なんでそんなにかわいいんだよ、もう……っ！」

「や、やすゆき……、ん、んん、ぅ……っ」

すぐに熱い唇が降りてきて、激しく口づけられる。吐息もすべて泰幸の唇に奪われて、引き出された舌を絡められ、それからぬるぬると吸われた。久しぶりに感じた泰幸の舌はひどく甘くて愛しくて、それだけで腰がぐずぐずに蕩《とろ》けていく。

清良も応えて、舌を絡ませた。泰幸の咥内を探って、感じるところをたくさん舐めた。

(気持ちいい……、泰幸とキス、できるのがうれしい)

もう感じることもできないと思っていた泰幸とのキス。欲しいと感じたものを与えてもらえるのは、こんなに幸せなことなのだと知る。

愛をもらって、返す。うれしくって、清良は音もなく涙を零した。

「んっ、ぅう……っ、んぁ、ぁ」

甘く舌を噛まれて、全身が波打つ。清良はもう身体中がどこも熱くてたまらなくて、泰幸の腰に脚の間をすりつけてしまう。それでも泰幸はまだ足りないのか、数日の間を埋めるように、咥内を激しく貪ってくる。

(泰幸、ほんとにいつも、どこに隠してるんだろ、こんな情熱的な、欲……)

うすく開いた瞳がとろりと蕩けて、至近距離で瞼を閉じる泰幸の顔が滲む。切なげに寄せられた眉が色っぽくて、ぞくぞくした。

「……っ、ん、ん……！」

清良がうっとりしていたら、頬や首筋を撫でていた泰幸の指先が、ゆっくり清良のシャツの前をくつろげていった。あたたかい大きな手のひらが、ひんやりとした空気に晒《さら》された胸元に触れる。そっと唇が離れた隙間で、泰幸が囁く。

「……清良さん、すごいドキドキしてる。心臓」

「は……っ、あたりまえ、だし。久しぶり、すぎて……」

「乳首も勃《た》ってる。ここ……、いい？」

「だから、いちいち聞くなって――……っ、ぁ、んっ！」

てっきり指で弄られると思っていたら、胸の突起が濡れたものに包まれて、思わず甲高い声が上がった。すぐに手のひらで塞いだけれど、不意打ちで喉が開いてしまったらしい。

ぷくりと膨らんだ粒を舌で転がされたら、必死に閉じた唇の隙間からくぐもった喘《あえ》ぎが漏れて、止まらなかった。

「ん……っ、ん、ふ、ぁあ……っ」

腰も大きく反って、泰幸の顔に胸元を押し付ける体勢になってしまう。恥ずかしくって首を振るのに、突起を食《は》む泰幸の口の動きは激しくなるばかりだった。

突起の先端に神経が集中してしまって、泰幸が舌を動かすたびに身体がびくびくと波打つ。

（やばい、おかしい……、身体が変だ……。もう、イきそうとか……っ）

泰幸に触れられた瞬間からそうだったけれど、身体が言うことを聞いてくれない。必死にシーツを摑んで我慢するのに、跳ねる腰が止められない。

性欲を忘れてすごした一週間分の熱量は、やはり普通じゃなかった。

「あ、ぁっ、や、やっ、やす、ゆき……っ、待て、やだ……っ！」

赤く腫れた両方の突起を刺激されているだけなのに、もう思考が霞《かす》み始《はじ》めてしまう。

「……ん、清良さん……？　ここ、そんなにイイ？」

泰幸が口を離して、顔を覗きこみながら胸の上でふたつの突起を指先でくにくにと弄ってくる。快感を逃がそうと左右に揺れた腰の動きを泰幸の足で封じられ、清良はいやいやと首を振る。

「まっ、待て、って、泰幸……！　だめ、もうイく、俺……っ」

「そっか……清良さんは、乳首だけでイっちゃうのか。かわいい……」

いいよ、と耳元で低く囁かれて、頭が真っ白になった。最後に強く尖《とが》りを摘まれて、びくん、と一際大きく腰が跳ねる。下着の中で限界まで腫れた熱が弾けて、じわりと熱い感触が股座《またぐら》に広がる。

清良は射精後の余韻に震えながら、泰幸の身体が下腹部に移動していくのをぼんやりと感じていた。金属音が遠くから聞こえて、それからすぐ、脚のあいだがひやりと冷たくなった。

「あ……、泰幸……っ？」

「清良さん、本当にイッたんだ……ぬるっぬるになってる、ここ」

「え――……、やめ、いいから、そんなの……っ」

嫌だと腕を伸ばしたのに、間に合わなかった。白濁に濡れた股間に泰幸の顔が埋められて、萎《な》えた性器を唇で咥えられてしまう。すぐに腰を引いてももう片手で強く掴まれていて、身動きもとれない。

「泰幸……っ」

周囲を濡らす精液もじゅ、と吸われて、舌で綺麗に舐めとられていく。清良は涙目で、その様子を見つめた。

（そんな愛おしそうな顔で、そんなことすんなよ……。やだって言いたいのに、言えなくなる……っ）

清良が零した欲望をすべて逃すまいとするみたいに、泰幸の口が動く。恥ずかしいのに、うれしかった。

泰幸の厚めの唇が、白いもので濡れて汚れていく。そこからちろりと覗く舌の赤がいやらしくて、ずくんと腰の奥が熱くなってしまう。

「ん、清良さんの精液、前より濃い、かも……。溜まってた、のか？」

「だって、俺、あれから、ずっと触ってなかったからね……、そんなにしなかったの初めてかも」

「あれから？　一週間はたってるよな。だからか……また勃ってきた」

「ひ、ぁああ……っ、ぁ……」

軽く首をもたげた性器を口に含まれる。すぐに芯を持ち始めた清良のそれは泰幸の咥内で育ち、ちゅぽんと濡れた音を立てて口が離れたときにはもう、完全に硬さを取り戻していた。

「あ、ぁ……っ」

腹に付くほど勃ち上がったそこをそのままに、顔を上げた泰幸が腰のくびれを撫でる。

「清良さん、四つん這いになれる？　傷が残ってないか見たいから……、後ろから、いい？」

「ん……」

こくりと頷けば、泰幸の手が腰を上げて、身体を起こす手助けをしてくれる。中途半端に脱がされていたジーンズを取り払ってから、ころんと身体を回転させて上半身を起こした。

ただ早くどうにかしてほしい一心で、清良は泰幸に尻を向ける形で四つん這いになった。

羞恥に顔が熱くなるのは、仕方ない。尻の膨らみを両手で割られて、ありえないところを観察されている気配。蕾《つぼみ》を指先でやわらかく突かれただけで、ぞくぞくと背筋が震えた。

「外から見て、傷とかは残ってないみたい……、綺麗」

「や、泰幸っ、もう、そんなのいいから……っ」

「駄目だ、中に傷があったら困るだろ？　もし沁《し》みたら言って」

つんつんと突かれていたそこに、濡れたものが触れた。てっきりローションを塗った指先だと思ったら、ぬるぬると生き物のような動きをされ泰幸の舌だと気づく。清良は驚いて、首を捻《ひね》って後ろを見た。

「や、泰幸っ？　そんなこと、すんな、汚い……っ」

「清良さん、風呂入ってきただろ？　全然、綺麗だし……、ん……」

「んぁ、あぁ……」

泰幸の舌が縁を丁寧に舐めて、溶かしていく。信じられないところに口づけられ、清良は耐え切れず、上半身をくたりと布団に預けた。

(泰幸が、俺の、こんなところまで舐めてる……。もう泰幸が舐めなかったところ、ないだろ)

　熱い舌が窄まりを突いて、ぬるりと中に入りこんでくる。傷ついた粘膜はもう痛みはなかった。ただやわらかい生き物が内部でいらやしく蠢《うごめ》く感覚に、清良は枕に顔を当てて悶《もだ》えた。

「ん、んん……っ、んぁ、だめ、そんな、すんなぁ……っ」

　舌で粘膜を刺激されるたび、縁がひくひくと疼いて切なくなる。前から液を滴らせる清良の性器ももう熟れきって、触られてもいないのに布団に先走りを垂らしているのが見えた。見ていられず顔を戻し、枕をぎゅうと両手で摑んだ。

「あ……っ」

　そっと口を離した泰幸が、ようやくローションのボトルを手に取り、後ろに塗りこんでくる。すでに収縮を繰り返すひくつく縁に、泰幸の器用な指が触れた。

「清良さん……指、入れるな。痛かったら言って」

「ん……、ぁあ……、あっ！」

　粘度の高い音を立てながら、ゆっくり入りこむ指先。べたべたに濡れているから痛みはない。ただ泰幸の指が入りこんでいることを想うと、むずむずとした疼きが腰に落ちていく。

　二本に増やされた指がやさしい動きで中の壁をなぞり、なにかを探すように蠢く。

「んぅ、う、ぅ……っ」

　もどかしい快感がずっと腰の奥に渦巻いていて、苦しさに涙が溢れた。清良は喉からひっくひっくと嗚咽が溢れてくるのを、枕に押し当てて殺す。口を開けたら、とんでもないことを言いだしそうで、こわい。

「清良さん？　気持ちよすぎて、泣いてる？」

「ちっが……っ、も……」

ぶんぶんとかぶりを振れば、泰幸が背後で「清良さん？」と弱々しい声を出す。きっと眉を下げて、困ったような顔をしているのだ。想像したらたまらなくなって、清良はゆるりと腰を揺らした。

「焦《じ》らすの、やめろ……、おかしく、なる……っ」

「焦らしてなんかない、傷つけたくないだけで……。清良さん、泣かないで」

「泣いて、ないっ」

上擦った泣き声で言っても説得力がない。泰幸がふふ、と笑って、背中に覆《おお》いかぶさりべたりと体重をかけてくる。後ろから耳元に吐息を感じて、ひくんと喉が鳴った。

「……清良さん。こっちも触ってあげるから……、な？　もうちょっとだけ、我慢して」

「え……っ」

背中に圧し掛かられたまま、泰幸の片手が前に回った。反り返って涎《よだれ》を垂らすばかりだったそこを大きな手のひらが包んで、ゆっくりとこすり上げてくる。

「ひ……ぁあ、ん……っ、やす、ゆき、だめぇ……っ」

同時に内部に埋めこまれたままだった指先の動きを再開されて、清良は息も絶え絶えに喘ぐしかできなくなってしまう。性器に達さない程度の刺激を絶えず与えられて、さっきからずっと、頭の奥が真っ白なままだ。

「んっ、んっ、ん……っ、ぁあっ！」

泰幸の指先が三本に増え、入り口の浅いところを行き来していたときだった。くり、と一部分を刺激されて、がくんと身体が落ちた。思わず甲高い声を漏らすと、泰幸の動きが一瞬止まった。

「あぁ――、なに、これ……っ、ぁ、あん……っ」

続けて執拗《しつよう》にそこを弄られれば、腰から下がとろとろになるような感覚が訪れる。性器に触れられるのとは違う、もっと切ない、泣きたくなるような快感だった。

「清良さん、声が……すっごい気持ちよさそう……」

「ばか、泰幸……、でちゃ……っ、でちゃうから、もうそれ、やめっ」

「もう苦しそうだし、出しなよ。今日の清良さんなら、何度でもイけちゃいそう……」

おそろしいことを言いながら、泰幸が手の動きを速める。

身体の前後でひどく濡れたいやらしい音がして、耳の後ろでは泰幸の荒い呼吸が聞こえた。清良の上擦った喘ぎも混ざって、頭がくらくらして、もうなにも考えられなくなる。気持ちいい――それだけしか。

「ん、あ、ぁっ、んん――……っ」

内部の指先が感じる部分を強く押したとき、清良は枕にしがみついて腰を震わせた。指先が抜けていくと同時、受け止めきれない白濁が、泰幸の手から布団の上にだらだらと滴り落ちる。泰幸がその液だまりを指先で弄りながら、ふふ、と耳元でうれしそうに笑った。

「清良さん、またいっぱい出た。気持ちよかった？」

「……っ、ん……」

「とろっとろだな」

「や……っ、も、だめ、泰幸ぃ……っ」

また達したばかりの敏感な性器に触れられる。清良は腰を揺らして抗議するのに、泰幸の動きは止まらない。

(俺の身体も変だけど、泰幸も変……、こんな強引に、イかせてくるとか)

駄目と言っても快感を引き出してくる、いつもと違う泰幸の強引さに、胸の奥が摑まれてしまう。余裕っぽく見えても、声は興奮で掠れている。完全に硬くなった泰幸の熱も、後ろから腰に当たっている。

(泰幸、触ってもないのに、こんなにがちがちにしてる……俺に挿《い》れたくって、こんなに)

そう思ったとたん、かぁ、と全身が熱くなった。熱く息づく泰幸のそこが、泰幸が愛しくて胸が苦しかった。

無理に挿入したときの痛みが頭をよぎるけれど、もう痛くてもよかった。

もっと熱を感じたくて、たまらなくなる。

「やっ、泰幸……っ、はやく、欲しい……」

「え……?」

「はやく挿れて……っ、泰幸の、俺もうだめ、欲し……っ」

泰幸の熱と、情欲、それから愛が欲しかった。ぜんぶ欲しくて頭がごちゃごちゃになって、清良は泣き声まじりで「欲しい」と繰り返し言って、腰をくねらせた。

背後で泰幸が息を呑む気配がして、それからジーンズを下ろす音。コンドームの箱を弄る音がしたから、清良は「いらないから」と切羽詰まった声を出した。

「ナマでいいよ、も、いいからぁ……っ」

「ちょっ、待って俺、そんなふうにされたら」

「中で出していいから……っ、すぐイッていいから……、泰幸……っ」

ただ泰幸を感じたい一心で、卑猥《ひわい》な言葉が口から洩れていく。感じたことのない激しい欲求に、頭がついて行かない。泰幸が後ろで「清良さん」と焦った声で名前を呼んでくる。それが耳元に近づいて、ぴくんと腰が震えたとき、濡れてひくつく後孔に熱いものが触れた。

「わかった。清良さん、挿れるな……っ」

「んっ、ん——、ぁあ、あ——……!」

縁からローションを零しながら、指とは比べ物にならないサイズの泰幸の先端が入りこむ。丁寧に解された窄まりは、泰幸の熱の侵入を拒まなかった。

「は……っ、ぁ、清良さん、中、熱い……」

泰幸が背後でうっとりと言って、さらに腰を押し当てた。痛みはなく、ただずるずると粘膜が押し広げられる感覚に、清良は身震いした。全身が粟立《あわだ》って、小刻みに震える。

満たされていく――、と思った。

肌が湿った音を弾《はじ》いて、後ろから根元までみっちりと埋めこまれた。腹の中が泰幸のものでいっぱいで、熱い。

「泰幸……、ぜんぶ入った、泰幸の……っ」

「ん……、清良さんの中、とろとろして気持ちいい……」

「……っ、ぁ……！」

泰幸が軽く身を捩《よじ》っただけで、内部がくちゅり、といやらしい音を立てる。自分の中からする生々しい音に真っ赤になって枕を抱いていたら、泰幸が背に覆いかぶさり、そっと頭を撫でてきた。

「清良さん、こっち向いて……？　ん……」

「ん、んぅ、う……っ」

肩越しに振り返れば、すぐに唇が塞がれた。繋がったまま、苦しい体勢で咥内を貪られる。後ろを貫かれたまま咥内に舌を差しこまれ、身体の中がぜんぶ、泰幸で満たされたような錯覚をしてしまう。

「ん……っ、ん、ふ……っ」

そっと唇が離れて、ふたりの間につぅ、と唾液が伝った。泰幸の細められた視線も、濡れた唇も、その下にあるホクロもすべてがいやらしくて、清良をぞくぞくさせた。

「清良さん、好きだ……」

「んん、俺も好き……、泰幸、エロい顔してる」

清良は口の端を上げて、とろんとした視線を向ける。泰幸はちょっと困った顔で笑って、それから熱い吐息を漏らした。

「俺、清良さんのこと、めちゃくちゃにしたい……いい？」

「……しろよ。いちいち聞かないで、好きなようにしろって……、ぁ、ああ……っ」

泰幸の指先がふいに結合部に触れ、ひくひく震える縁をゆっくりなぞっていく。馴染みはじめたと思っていたのに、内部に埋めこまれた熱を意識してしまって、細い腰がまた震えはじめた。

「俺のが入ってるとこ、よく見える。すごい、清良さんのここ、ひくってする……」

「あ……、ぁ……っ、馬鹿、そんなの……、ぁあっ！」

言わないで、と文句を言いたくて後ろに向いたのに、泰幸が腰を揺すったから声にならなかった。後ろから腰を摑まれ、ゆっくりと引き抜かれる。

「ひぁ、ぁ……――っ」

中の壁がずるずると刺激される感覚と、急に訪れる喪失感に、清良は泣きそうな声を上げた。かと思ったらすぐにまた入りこんでくる熱いものがあって、身体が大きく戦慄《おのの》く。

「ぁう……っ、あっ、ぁ……っ！」

泰幸の動きが速くなるにつれ、戸惑いまじりだった清良の声は甘くとろけて、半開きの口の端から零れる唾液も拭えなくなる。

（なんで……？　前に俺が無理矢理入れたときと、まったく違う……っ）

激しく出し入れされるたびに泰幸の張り出した先端で気持ちのいいところがこすられて、たまらなかった。達したばかりの性器もびくんと脈打ち、完全に勃ち上がって液を滲ませている。

「清良さん……っ、いい？」

「んっ、んっ、きもち……っ、すご、気持ち、いい……っ」

「顔も見たい……、清良さん、ちょっと、いい？」

「あ……っ、なんで……、ぇっ」

ずるんと性器を抜かれて、不満げな顔を向けたところで腰を取られ、ころんとひっくり返された。泰幸の腕で簡単に転がされてしまうほど、強い快感に身体が腑《ふ》抜《ぬ》けになっている。

すぐに泰幸が膝の後ろを持ち上げながら覆いかぶさってきて、目の前に広がる視界がうすいブルーの布団から、泰幸のうれしそうな顔になった。

「あ……」

「気持ちよさそうな顔見せて。あぁ、聞かなくてもいいんだっけ……」

摑んでいた枕が頭の後ろにいってしまって、快感にとろけた顔が泰幸の前に晒されている。

清良が慌てて両腕で顔を隠そうとしたところで、今度は前から泰幸のものがぐちゅりと音を立てて挿入された。

「あ、ぁあ……、ぁ、ん……！」

急に腰をぐりぐりと円を描くようにしながら押し付けられ、内部の膨張で粘膜が掻きまわさ

れる。硬い先端が感じるところを何度もこすっては、また戻って来る。

「やっ、やっ、ばか、そんな……あ、あっ！」

そんなことをされたら、清良の両腕は力なく顔の横に垂れて、指先がぴくんと震えるだけになってしまう。

清良ははふはふと口で必死に息をして、ときおり快感に濡れた瞳で泰幸のうれしそうな顔を見つめた。腰を揺らしながら、軽く眉を寄せているのが色っぽかった。息が荒いのも感じているのがわかって、うれしくなる。こちらを見下ろす視線は熱く、情欲の色を隠しきれない。

（エロい目、してる……、泰幸が……、あんな、真面目な男が、俺に挿れて、感じてる……）

たまらなかった。ぞくぞくと腰の奥が疼いて、我慢できなくなる。

清良も腰を大きく揺らして、内部の熱を締め付けた。泰幸が喉の奥で唸ったのが聞こえて、思わずにやりと口の端を上げた。

「……っ、泰幸、気持ちい……っ？」

「気持ちいい。こんなに気持ちよかったこと、ない……っ」

腰を突き上げられながら、そういえば泰幸は童貞だったっけ、と思い出す。初めてがあんな、清良主導の無理矢理の挿入になってしまったことが、いまさらながらに申し訳なくてたまらない。

今日は泰幸の好きにさせてあげたくて、清良はちいさく腰を揺らしながら微笑んだ。

大きく広げられた両脚の奥で、ひどく湿った音がする。気持ちのいいところをたくさん突かれて、身体の震えが止まらなくなっていた。ふたりの身体の間でとろとろと先走りを零す清良の性器も、いまにも弾けそうだった。

「あっ、ぁっ、んん、やす、ゆきぃ……っ、もう、も……っ」

「ん……、俺も、もう……っ」

「泰幸……っ」

内部で脈打つ泰幸のものも、きっと限界が近い。

頭の奥が白んで、ちかちかと光が明滅する。

硬い熱で中を掻きまわされるたび、自分の根本から掻き混ぜられてるみたいに、清良の心の中の水面が乱れる。心を乱されるのは苦手だったはずなのに、ずっとこうしていたい、と思ってしまう。

繋がるようにできていない器官を無理矢理繋げて、こんなに幸せになるなんて清良は知らなかった。

(終わらせたくない、もっと欲しい……、こんなこと思うの、初めてだ)

奥で脈打つ泰幸の熱が愛しくて、離したくなくて、ぎゅうと締め付ける。とたんに泰幸が「うぁ」と唸って、それから困った顔をして、唇を近づけてきた。

「ん……、んん、ぅ――……!」

あたたかいキスをしながら、腰を揺らしてふたりで果てた。清良はびくびくと腰を震わせ、泰幸の身体にしがみついて、その腹に欲望をまき散らした。

同時に身体の奥で、泰幸の欲の迸《ほとばし》りを受け止める。どくどくと注がれる熱がもっと欲しくて、何度も締め付けていたら、唇の隙間で笑った泰幸が「もっと欲しいんだな」と囁いた。

欲しがることに慣れていない清良が思わず眉を下げていると、泰幸が慌てて瞼をキスをしてきた。

「いいよ。清良さん、もっと欲しがっていいから……」

「いいの……？　俺が、欲しがっても……」

「もちろん、清良さんはもっと、わがままになっていいんだからさ。自分のために、自分の意思で」

やさしく言われて、涙が溢れるほどうれしかった。

「清良さん、好きだよ」

囁かれながら、何度も体位を変えて繋がった。中に出された泰幸の精液がとぷんと音を立てる気がするくらい、たくさん注がれた。とろとろになった奥を突かれて、清良は頭までとけていくような幸せな気分になった。

いままで言えなかった分を補うみたいに、清良も何度も「好きだ」と呟いて、長く続く快感に身を委ねていた。

春の訪れを思わせるあたたかな風が、頬をくすぐった。

昨日カットとカラーリングをしたばかりの、清良のアッシュベージュ色の髪がさらさらと揺れる。顔周りは以前よりワントーン軽くして、春らしいグラデーションになっているのが気に入っていた。

清良は横を歩く泰幸に見せつけるように髪を梳かし、「どう？」と聞いてみた。一瞬困った顔をした泰幸が「綺麗だけど……髪の色、どこか変わったのか？」なんて言うから、清良はぷっと噴き出して笑った。

「泰幸ってカラーリングしたことない？」

「あぁ、生まれてからいままでずっと黒髪のままだな」

「そうだよなぁ。黒髪じゃない泰幸なんて想像つかない。それが似合ってるもん」

出会ったころより伸びた泰幸の黒髪を見ながら、清良は「さらに犬っぽくなったな」と口の端を上げた。

春一番が通り過ぎ、すっかりあたたかくなった午後、清良は泰幸とふたりで近所の本屋に向かっていた。

清良がヘアカットモデルとして数カット掲載されているメンズファッション誌が、本日発売するのだ。

以前清良がヘアカタログのモデルをした際にお世話になった芝本《しばもと》が再度声をかけてくれて、先日撮影をしてきた。インターネット上のヘアカタログに掲載された清良が好評で、このモデルは誰なのかと問い合わせがかなりあったという。それで次は雑誌掲載用のカットモデルをしてくれないか、と依頼されたのだった。

雑誌のヘアスタイル特集の写真なんてほんの数センチだから、わざわざ買わなくていいよ、と清良は言ったのだけれど、泰幸が見たいと言って聞かなかった。だからふたりで本屋に買いに来たというわけだ。

ファッション誌コーナーにふたりで並んで、目当ての雑誌を開く。

見なくてもいいと言ったものの、やはりすこし気になって、清良も目をきょろきょろとさせた。しかし先に清良を見つけたのは泰幸だった。うれしそうに写真を指差し、「清良さん！」と声を上げる。

「本当に載ってる。しかも結構でかい写真じゃないか。このページの中だと一番でかいぞ」

「おい泰幸、恥ずかしいから、そんなはしゃぐなって……」

雑誌を開く泰幸の腕を軽く引いたものの、泰幸は首を振り、誇らしげに笑った。

「この清良さん、すっごい美人に写ってる。いや、本物のほうがもちろん綺麗だけど……でも本屋にいる全員に言って回りたいくらい、いい仕事してるよ」

「ば、馬鹿、なに言ってんだよ。こんなちいさいカットなのに……」

照れ隠しで言うと、顔を覗きこんできた泰幸が指先で鼻を突いてきた。

「清良さんの大事な最初の一歩だろ？　そんなふうに言わない」

「う……、まぁそうだけどさ」

清良は鼻を押さえ、思わず唇を尖らせた。

大学ではクズだけどイケメンと持《も》て囃《はや》され、街を歩けばスカウトに声をかけられる。そんなだから当然容姿には自信のあった清良だけれど、プロの世界は甘くなかった。撮影スタジオには、清良よりも背の高い美形たちがたくさんいた。

撮影自体はやはり楽しかった。ライトに照らされ、ポーズを取り、カメラのレンズを見ていると「無」になれた。かけがえのない、大切な瞬間を切り取るシャッター音を聞くのが好きだと思った。やっと、夢中になれることを見つけた。ただその分、自分の理想どおりにうまくできないことが悔しくてたまらなかった。

「もしかして納得いってない？」

「うん……、もうちょっとうまくできるだろって。所詮素人って感じがあるから」

「まだまだこれからだろ、清良さんは。また撮影呼ばれたんだろ？」

「うん」

モデル事務所とのパイプを持つ芝本に紹介してもらい、近々正式にモデル事務所に所属することにもなっている。

まだ、自分がその世界に本当に向いているのかはわからない。けれど、フードコーディネーターをめざし日々勉強をしている泰幸を見ていたら、清良もなにかに挑戦してみたくなった。

大学に通いながら、モデルの仕事をしている人間は多い。清良もそうしながら、この先の道を模索していきたいと思っている。

篤志も芝本のもとでアシスタントとして働き、ゆくゆくはファッションスタイリストとして活躍したいと意気込んでいた。篤志のセンスは清良も認めているが、すでに「キヨくんがモデルになったら俺がスタイリングしてあげる！」などと気の早いことを言っていたのには苦笑した。

くく、と思い出し笑いをしていたすきに、泰幸が雑誌を三冊も手に取り、そのままレジに持っていこうとしていた。清良は慌ててその背中を追いかけ、しっかりとした肩を摑んで止めた。

「おい、そんなに買ってどうするんだよっ」

「俺の実家と、絢の家に送る」

肩越しに見た泰幸の目は本気だ。清良は思わず頰を赤くして、ばしんと肩を叩いた。

「いや、ハズいからいいよ……金がもったいないし」

両親からの多すぎる仕送りを止めてもらっているので、最近の清良は節約生活をしている。

モデル以外のアルバイトも探しているところだ。

「どうして？　妹と母親は清良さんのこと絶対気に入ると思うんだ。イケメン好きだし、もとから趣味が俺に似てるからな。そうやってじわじわと外堀から埋めていって、ゆくゆくは親父にも会ってもらいたい」

言い切ってからレジ台にどさりと雑誌を置き、誇らしげに会計をする泰幸を見て、清良は照れながらも——、内心はうれしかった。

泰幸の父親は、絢について行かなかった泰幸をまだ認めてはいない。連絡をしても、話すことはないと言われて電話を切られてしまう。けれど母親は最近泰幸の話に耳を傾けてくれるようになった。そうしていつかまた、家族が仲よくできる日が来るといいな、と思う。

清良はあれから泰幸の隣の部屋に戻ったけれど、両親とはたまに連絡を取り合っている。ファッション誌のモデルについても、掲載のことを伝えて一番喜んでいたのは母だった。電話口で「清良ちゃん、立派になって」と泣き始めたのには焦ったけれど、かわいい人だなと素直に思えた。きっといまの義父も、母のこんなところが好きなのだろう。

帰り道、アパート近くの公園のベンチに並んで座り、缶コーヒーを開けた。

清良は興味がなかったので知らなかったが、ベンチ横の大きな木は桜だったらしい。ちいさな蕾が膨らみ始めているのを見て、泰幸が「一か月以内に咲くかもな」と言っていた。

黙って桜を見ていたと思ったら、泰幸は急に紙袋をガサガサさせて雑誌を取り出し、また清良の掲載ページを広げた。清良はわずかに頬を染めて、泰幸の足を軽く蹴った。

「もういいだろ、さっきあれだけ見たんだから」

「だって、身内が雑誌に載ってるのを見ることなんてなかなかないだろ」

「身内……？」

泰幸がさらりと口にした言葉は、ごく近しい間柄、という意味だろうか。じわじわとうれしくなって、清良は緩んでいく顔を誤魔化そうと缶コーヒーをぐい、と傾けた。

その後も「これは切り取って大切にファイルに入れよう」などとしつこく言っている泰幸を蹴ったりしていたら、ふいに泰幸のスマートフォンが震えた。

絢からのメールだった。

絢は無事ドイツでの試験を終え、目当ての先生に認められ、門下生として弟子入りを果たしたのだった。いまは地元でピアノのレッスンを続けながら、定期的に海外や国内で先生が開く公開レッスンにも参加していくことになっているそうだ。

ふたりでちいさな画面を食い入るように見ながら、ほぉー、と同時に歓喜の声を上げた。

「すごいな、絢ちゃん」

「あぁ。着々と来年の音大受験に向かって行ってる」

完全ではないけれど、スランプからは脱出したとも書いてある。指先の震えは、自分の力を信じるようにしたら、収まっていったという。

泰幸のこと、それから叔父さんから受けた心の傷も、絢の中ですこしずつ癒えていっているのだろう。よかった、と清良は胸をなでおろした。

「ん……なんだこれ？」

絢の綺麗なボーイソプラノで頭の中で再生しながらメールを読んでいたら、先に読み終わったらしい泰幸がふいに呟き、怪訝《けげん》そうに眉を顰《ひそ》めた。

「え？」

「これだよ。ここの最後の文章……」

泰幸が指差す先には、こう書いてあった。

『来月東京の大学でディートリヒ先生のレッスンがあるから、そっちに行くよ。清良にも久しぶりに会えるのが楽しみです。この前約束した通り、チューしてもらうからね♡』

泰幸が眉間の皺を深くしながら、ゆっくり顔を上げる。

「……チューってなんだ？　いつそんな約束したんだ」

絢と泰幸の部屋で話したときにそんなことを言ったような気もするけれど、その後に色々ありすぎて記憶が定かではなかった。ええと、と呟いて、首を傾げて笑ってみる。

「えっと、忘れちゃった」

「清良さん……、プレイボーイだったってことは知ってたけど、いつ絢のことまで口説いてたんだ……」

泰幸は大真面目にそう言って、じっとこちらを見た。

「プレイボーイって。まぁそういう人種だったけど、もう過去だよ。それに絢ちゃんのことは俺だって弟みたいに思ってるんだからさ、たぶん冗談で言ったんだよ」

「そうかもしれないけど……チューはしなくていいだろ。清良さんはチューしないと言っているぞ、って返しておくな」

「えっ？　いやいや、ノリ悪すぎだし、そこは乗っておこうよ！」

ごちゃごちゃと揉めて、結局ふたりからの応援メッセージの最後に泰幸が考えた文面を添えて送ることになってしまった。断固として「チューはさせない」と言う泰幸を見て、きっと父親譲りの頑固なんだ……と清良は思わず笑った。

送信後、ふぅ、と息をついた泰幸が、こちらを見て言う。

「清良さん。もう今後は俺以外の男に――女性にも、口説いたりすること言わないで、俺だけにしてくれよ」

清良の過去は、きっと泰幸を不安にさせるものなのだ。けれど清良は、部屋にあったいつかの女性たちのものを処分した時から、「クズ系男子」を卒業すると決めていた。もう泰幸を、不安にはさせない。

「……うん。絶対、約束する」

嘘つきだった自分の約束なんて、説得力がなさそうだと清良は思ったけれど。その手をぎゅっと握ってくれる、泰幸の言葉はひとつも嘘がないのだ。だって、彼は嘘がつけない男なのだから。

「清良さん、ありがとう。……これからもずっと、よろしくお願いします」

真剣な顔で改まって言う泰幸がおかしくて、愛しくて、清良は手を伸ばしてその黒髪をくしゃくしゃと撫でた。

「今日の夕飯なに？」

夕焼けに染まり始めた道を歩きながら、手を繋いでぽつぽつと話す。もうあたたかくなって、寒さを言い訳にはできなくなったけれど、泰幸が気にしていないようだったので大人しく繋がれた。

「ロールキャベツ。清良さんが昨日、久々に食べたいって言ってたからさ」

泰幸がすこし照れているのは、きっと以前それで妄想した自分が犯した失態のことを思い出

しているからだろう。

「もう俺の中身は肉食じゃなくなったからね。ロールキャベツ系男子も卒業だなぁ」

「そうか？　まだ肉食だと思うけど」

「……つーか、ロールキャベツって泰幸なんじゃない？　昼は草食、夜は肉食だろ、おまえ」

べたべたとした、甘い関係――。けれど、泰幸とふたりなら大丈夫だと思った。

ふたりだけの世界に閉じこもらず、外の世界を見ていればきっと、うまくいく。

そんな幸せなふたりのありふれた物語は、きっと世界にたくさん溢れている。

清良はオレンジ色の空を背景に、困ったように眉を下げて笑う泰幸の顔を見ながら、この世界の美しさを想った。

POSTSCRIPT

MAMI HANAFUSA

　こんにちは、はじめまして。花房マミと申します。「この美しき世界のまにまに」をお手にとってくださり、ありがとうございました。こうしてまたご挨拶をすることができて、とてもうれしいです！
　今回のお話、タイトルが決まるまではずっと「クズの話」と呼ばれていました。フォルダを見返しますと、プロットも「クズプロット」などという名前で保存していました。ひどい。笑
　わたしは以前からクズ萌え、という属性を持っておりまして、特に、クズ&天使という関係が好きで好きで……。どうしようもないクズ男が天使のような男と出会って変わっていくところが書きたくて、このお話を考え始めました。おそるおそる出したプロットにゴーサインを出してくださった担当さま、本当にありがとうございます！

　クズクズ連呼してしまいましたが、今回の主役、清良は人としてダメなところは多少ありつつ、性格自体は悪くない男です。きっと彼は「ヒモ系クズ」ですね！　泰幸と結ばれたあとは素直になって、結構甘えたりするんじゃないかなぁと想像しています。切ない過去を持っているので、たくさん幸せになって欲しいですね。
　そして泰幸は、わたしが初めて書いた童貞の攻です。わたしは攻さんにはテクニシャンであってほしいという願望があるのですが、今回は経験豊富な

清良と対比させたくて童貞になってもらいました。余裕のないがっつきっぷり、書いていて大変楽しかったです。

また、泰幸が料理上手なので、今回は作中でちょこちょこ料理描写があります。何度夜中にロールキャベツが食べたくなってギリギリしたことか……！

清良も作中で似たようなことを考えていましたが、夜食にはどこか背徳感があるから、ああも魅力的なのでしょうか？　くぅ。

そんなこんなでとても楽しく書かせていただきましたが、今回はいままでの二冊と比べるとタイトルも内容もシリアスな雰囲気なので、余計に緊張しております。みなさまも楽しんでくださっているといいなぁと祈るばかりです。

タイトルの雰囲気にぴったりと合ったイラストを描いてくださった、水名瀬雅良先生。ラフを拝見したとき、その美しさにドキドキしました。シャープな雰囲気の清良も、誠実そうな泰幸も、美少年な絢もみんな自分の脳内イメージどおりで幸せです。水名瀬先生、素敵なイラストの数々を本当にありがとうございました！

それから、まだまだ未熟なわたしをサポートしてくださいました担当さま。今回は特にいろいろとご迷惑をおかけしてしまったのにもかかわらず、変わらずやさしくサポートしてくださりありがとうございました。本当に感謝の気持ちでいっぱいです。

最後に、お読みくださったみなさまに、心よりお礼を申し上げます。ご感想、ご要望などありましたら、どうかお気軽にお伝えください。
それでは。またお会いできる日を楽しみにしております。

２０１４年　６月
花房マミ

花房マミHP
http://hanani.rossa.cc/

初出
この美しき世界のまにまに…………書き下ろし

SHY BUNKO 030

この美しき世界のまにまに

花房マミ・著
MAMI HANAFUSA

ファンレターの宛先
〒101-0065　東京都千代田区西神田3-3-9大洋ビル3Ｆ
（株）大洋図書 SHY文庫編集部
「花房マミ先生」「水名瀬雅良先生」係
みなさまのお便りお待ちしております。

初版第一刷 2014年6月11日

発行者………山田章博
発行所………株式会社大洋図書
〒101-0065　東京都千代田区西神田3-3-9大洋ビル
電話 03-3263-2424(代表)
〒101-0065　東京都千代田区西神田3-3-9大洋ビル3Ｆ
電話 03-3556-1352(編集)
イラスト………水名瀬雅良
デザイン………Plumage Design Office
印刷・製本………大日本印刷株式会社

ISBN978-4-8130-4129-0